中公文庫

うぽっぽ同心十手綴り

女殺し坂

坂岡　真

中央公論新社

目次

女殺し坂

一

靫草《うつぼぐさ》が風に揺れながら道端に佇《たたず》んでいた。

茎のさきに矢羽のような紫の花穂をあつめた野草のことだ。

ひたひたと泥濘《ぬかるみ》をすすむ跫音《あしおと》が聞こえる。

月はなく、漆黒の雨雲が天を覆っていた。

簑笠《みのかさ》をつけたふたりの男が夜道を急いでいる。

ひとりは八丁堀の臨時廻り、ひとりは葺屋町《ふきやちょう》の岡っ引き。ふたりとも齢《よわい》五十を越えているものの、しっかりとした足取りだ。

岡っ引きの銀次《ぎんじ》が口を開いた。

「相良《さがら》さまのお屋敷は、あじさい屋敷と呼ばれているそうで」

「ふむ」

「旦那はたったひとりのご友人、お訪ねになられたことがおありなんでしょう」

「二、三度な」

「こんなことを言っちゃ失礼かもしれねえが、つい先だって、久方ぶりにお目に掛かったときは、ずいぶん老けてみえやしたぜ」

「白髪《しらが》頭のせいだろう。相良は髪を染めようとせんかった」

「旦那は染めていなさるので」

「綾乃《あやの》がうるさく言うものでな」

「お嬢さまが」

「せめて隠居するまでは、みてくれに気を遣えなぞと、生意気なことを抜かすのよ」

「とか何とか仰《おっしゃ》りながら、愛娘《まなむすめ》のことばにゃ逆らえねえ」

「ま、そういうことだ。おかげで雨の日は笠もとれぬ始末さ」

長《なが》尾《お》勘《かん》兵《べ》衛《え》は右肘《ひじ》を持ちあげ、菅笠《すげがさ》をすっとかたむけた。

銀次の照らした龕灯《がんどう》のさきに、朽ちかけた木橋がみえる。

「こうがい橋でやすね」

ふたりは南茅場町《みなみかやばちょう》の渡し場で小舟に乗り、大川を下って浜御殿のさきから渋谷川に舳《へ》先《さき》を入れた。そして、一ノ橋の舟寄せで陸へあがってからは、起伏のある麻布の屋敷町を突っきり、西にむかって歩みつづけた。

この界隈《かいわい》には大名屋敷の広大な敷地が点在している。鬱蒼《うっそう》とした雑木林も見受けられ、狐狸《こり》のたぐいが道を横切ることもままあった。

ともあれ、笄橋《こうがいばし》を渡れば、めざす屋敷はすぐそこだ。

「橋を渡って左手の坂が牛鳴坂《うしなきざか》でやすね」

「ああ」

「それにしてもよく降りやがる。夏至だっていうのに」

明けきらぬ丑《うし》ノ刻《こく》に降りだした雨は、夜の五つを過ぎても熄《や》む気配がない。

銀次のかつぐ簑からは、白い湯気が濛々《もうもう》と立ちのぼっていた。

相良潤《じゅん》之《の》介《すけ》は南町奉行所の同心だった。八丁堀に住まなかった珍しい男だ。御家人の三男ゆえか、四十過ぎまで縁談もなく、生涯、独り身の運命を受けいれていた。ところが、後厄も終わって白髪の目立ちはじめたころ、降ってわいたような養子縁組みがもちあがり、麻布の牛鳴坂上にある元天守番の家へ婿入りした。

千代田城の天守は、家光《いえみつ》の御代に焼けている。天守番とは、ありもしない天守を守る御家人役のことだ。義父となった頑迷な人物は、虚しい役目を何十年も勤めたすえに隠居を決めた。しかし、家名だけは末代まで遺したいという強い意向があり、一人娘と添いとげてくれる入り婿を探していたのだ。

相手は潰《つぶ》れたも同然の貧乏御家人、婿入りの条件は最悪にちかい。おなじ城勤めの同輩には相手にされず、八丁堀まで公募の網を広げた。そこへまんまと引っかかったのが、潤之介だったというわけである。

「かれこれ、十年もまえのはなしさ」

相良という姓は婿にはいってからのもので、潤之介の旧姓は里見《さとみ》といった。

「あっしら旧《ふる》い者にとっちゃ、里見さまのほうが親しみやすい」

「そうだろうな」

「麻布に移られてからのいっとき、里見の旦那は幸せそうでやしたね」

「妻女の利恵《りえ》どのが、よくできたおなごでなあ。やつは秘《ひそ》かに菩薩《ぼさつ》と呼んでおったわ」

「菩薩かあ、そいつは羨《うらや》ましい。うちの嬶《かか》ァなんざ、撫牛《なでうし》の置物ですぜ」

「自分の女房とくらべてどうする」

「うへへ」

潤之介の義父は相良家へ念願の婿を迎えいれ、悠々自適の日々を送りはじめたものの、すぐに肺腑《はいふ》を患い、数年間の療養も実らずに逝《い》った。義母もあとを追うように逝き、相良家には夫婦ふたりがのこった。

「せめて、子があったら賑《にぎ》やかだったでしょうに」

「あやつにとっては、庭木が子とおなじであった」

「ははあ、するってえと、紫陽花《あじさい》も子供なわけだ」

「隠居したら妻とふたり、好きな庭木や鉢物を育てながら余生を過ごすと言っておった」

その矢先、相良潤之介は辻斬りに斬られた。

「背中をばっさり、一刀で袈裟懸《けさが》けに斬られていたそうです。一昨夜来、麻布の連中が聞きこみに当たっておりやすがね、下手人の目星は皆目つかねえ様子で」

「相良は、他人に恨みを買《こ》うような男ではなかった」

「通りすがりの凶事でしょうかね。だとすりゃ、下手人を探すのは骨が折れまさあ」

銀次の言うとおり、辻斬りの下手人は逃す公算が大きい。

「それにしても、もったいねえおひとを亡くしやしたぜ。廻り方で袖の下を受けとらねえのは、旦那と相良さまくれえのもんだった」

不浄役人で袖の下を拒むものは、よほどのお人好《よ》しか役立たずか、どちらかだとおもわれている。上司には疎《うと》んじられ、後輩には莫迦《ばか》にされ、同僚には阿呆扱いされるので、奉行所内でも肩身が狭い。

「莫迦にしてえやつらにゃ、させておきゃいい。金額の多寡じゃねえんだ、要は貰《もら》っちまうか拒むか、そこなのさ」

十手持ちには、どうしても越えてはならぬ一線がある。袖の下を受けとれば、かならず見返りを要求される。本来は目こぼしのできぬ罪まで見過ごすようになり、気づいてみれば正義と不正義の判別すらつかなくなる。

「そうなりゃ十手持ちは仕舞《しめ》えだってな、相良はいつも言っていた」

「ほう、相良さまが」

「三十年もむかしのはなしだ。今でこそ、おれは後生楽なうぽっぽなんぞと莫迦にされておるがな、若い時分は無鉄砲な男だった」

あるとき商家が蔵荒らしに遭《あ》い、後日、盗人《ぬすっと》一味が一網打尽にされた。そのお礼にと、商家の旦那が奉行所へ菓子折を携えてきたことがあった。

「中身は山吹色の黄金餅、年番方の筆頭与力どのが捕り方全員で山分けせよと威勢の良いことを仰った」

分けてみるとひとり三両になったが、勘兵衛は頑として受けとらず、みなから総すかんを食った。

「そのとき、助けてくれたのが相良だ。餅はやっぱり白くなくちゃだめだと大笑し、周囲を煙に巻いた。不器用なあいつがそこまでやってくれたんだ、おれは相良のためなら命を投げだしてもいいとまでおもった」

人には誰でも、そんなふうに覚悟を決める瞬間がある。

「でもな、銀次、あいつが廻り方をやっていたなあ、十年以上めえのはなしだ」

「へへ、そうでやしたね」

おもえば、相良は運に見放された男であった。

廻り方を二十数年勤めたものの、とある出役《でやく》で下手人に右腿《もも》を刺されて歩行がままならなくなり、来し方の類例を調べる例繰方《れいくりかた》に左遷された。

「金瘡《きず》が癒えりゃ走ることだってできた。廻り方でも充分にやれたんだ。そいつがわかっていたのに、誰かさんが相良を飛ばしやがった。飛ばしたな、誰だとおもう。南町の生き字引なんぞと持ちあげられ、数寄屋橋（南町奉行所）でふんぞりけえってる鯰《なまず》野郎さ」

「年番方与力、小此木監物《おこのぎけんもつ》」

「ああ、そうだ」

上には諂《へつら》い、下には厳しい。そうやって、出世の階段を登りつめた胴欲な男だ。筋をまげぬ相良は、何かと目の敵にされていた。

小此木はずっと、役目替えの口実を探していたのである。

「お偉方にとってみりゃ、わしら廻り方は屑《くず》も同然よ。相良は見せしめにされた。あれ以来、誰も彼もが小此木の顔色を窺《うかが》うようになってな。ま、いまさら、愚痴を吐いても詮無《せんな》いことだが」

相良は例繰方にまわされてからも、黙々と役目をこなした。そして、御用部屋に埋もれる毎日を過ごすうちに、人となりもすっかり変わってしまった。

「牙を抜かれ、飼いならされたとでもいうべきか」

のろまでお人好しの烙印《らくいん》まで押され、次第に喋《しゃべ》りかける者も少なくなった。ただ、勘兵衛が昔の誼《よしみ》で親しげに声を掛けると、相良もそのときだけは瞳をかがやかせた。

「無骨だが、情の深い男だった」

こんな逸話がある。相良は毒を盛られて死んだ女郎に同情し、毒を盛った間夫《まぶ》を上方まで追いかけて縄を打った。手柄にしてもよいはなしを、恥ずかしいから内緒にしといてくれと、勘兵衛に囁《ささや》いたらしい。

「上役の方々には流行病《はやりやまい》に罹《かか》ったと嘘を言い、ひとりで東海道を往復したのだ」

「へえ、そんなことがあったんですかい」

「そうさ、やつは誰よりも血の熱い男だった」

「まがったことの嫌《きれ》えな人情家、惚《ほ》れっぽいのが玉に瑕《きず》。そいつはまさに、うぽっぽの旦那とおんなじじゃありやせんか」

「銀次、そう言ってくれんのは、おめえだけだ」

　今宵、通夜に足をはこぶ岡っ引きも、数えるほどしかいないだろう。

　ほんとうなら、南町奉行所から通夜と葬儀の手伝いが出るはずだったが、利恵はきっぱり断ったらしい。

「相良を莫迦にしつづけた連中に、手伝ってほしくはなかったんだろう。焼香をあげにくるのは、義理で足をはこぶ連中だけだ。いいや、それすら来ぬかもな。ともかく、わしは相良に何だかんだと借りがあった。今となっては返すこともできぬ」

「死んじまったら元も子もねえ」

「そういうことだ」

　勘兵衛と銀次は見廻りを済ませ、相良の通夜へむかうべく麻布までやってきた。

　笄橋を渡って左手へ曲がれば、牛鳴坂と呼ぶ急勾配の登り坂がつづく。坂の右手には武家屋敷の海鼠塀《なまこべい》がうねうねとつづき、左手には笄川を挟んで桑《くわ》畑がひろがっていた。

「坂を越えたむこうは広尾か。ずいぶん寂しいところだな」

　坂の中腹まで足をはこび、勘兵衛は腰を伸ばした。

銀次が龕灯を翳《かざ》し、道端に咲く花菖蒲《はなしょうぶ》を照らしだす。

「麻布でいっとう古い坂と聞きやしたぜ。牛だけじゃねえ、おなごにとってもあんまり難儀な坂だもんで、地の者にゃ女殺し坂と呼ばれておりやす」

「女殺し坂か」

物騒な響きだなと、勘兵衛はおもった。

「このあたりでしょうかね、相良さまが斬られちまったなあ」

「そうかもな」

凶事があったのは一昨夜の亥《い》ノ刻過ぎ、その夜も雨が降っていた。

「なんでまた、雨降りの夜中なんぞに出歩いてたんでしょうねえ」

「さあ」

十手持ちの顔で洩らす銀次を尻目に、勘兵衛はゆっくり勾配を上りはじめた。

「おや」

坂のてっぺんに、喪服姿の女が濡《ぬ》れながら佇んでいる。

蒼白い顔は月のように冷たく、背筋をぞくっとさせた。

「旦那、あれは」

「利恵どのか」

いや、ちがう。もっと若い女だ。

女はこちらに気づいた様子もみせず、御霊《みたま》送りの提灯がぶらさがる冠木門《かぶきもん》のむこうへ消えていった。

追いすがるように門前へたどりつくと、暗闇のなかに何者かの気配を感じた。

龕灯のかぼそい光に映しだされたのは、紫陽花の叢《むら》である。

青味を帯びた大輪の花が、人の頭によく似ていた。

二

不吉な兆しを感じながらも、ふたりは抹香《まっこう》臭い屋敷内へ踏みこんだ。

簑笠を脱いでも着物は湿っており、銀次が女房にやらせている銭湯の湯舟に一刻も早く浸《つ》かりたい気分になった。

「これは長尾さま、遠いところをわざわざ」

利恵が気丈な妻を演じ、廊下の片隅にかしこまった。

喪服を纏《まと》った片化粧の女には、はっとするような色気がある。

伴侶を亡くした悲しみとはうらはらに、夫の頸木《くびき》から逃れて気楽になった女の正体を見せられたような気がして、勘兵衛は少し淋しくなった。

年齢は四十前後。小柄でふっくらしており、目鼻立ちは凜々《りり》しい。肌理《きめ》のこまかい白い膚《はだ》と卵形の小さな顔、眉間《みけん》をわずかに曇らせて小首をかしげ、悲しみをじっと耐えしのぶ様子が、二十年前に逃げられた恋女房の面影とかさなった。

——静《しず》。

胸の裡《うち》で呼びかけてみる。

見初《みそ》めたときの静はまだ十九、水茶屋の看板娘だった。

若い勘兵衛はひと目惚れし、所帯をもった翌年に玉のような女の子を授かった。

綾乃である。

目に入れても痛くないほど、慈しんできた。

綾乃が初めての誕生日を迎えた年の暮れ、静は忽然《こつぜん》とすがたを消した。

二十年経っても生死すらわからず、消息不明のままだ。

勘兵衛の胸底にはいつも、釈然としないおもいがある。

なぜ、理由も告げずに消えてしまったのか。

最愛の娘をのこして、いったいどこへ行ったのか。

今もどこかで生きつづけ、元気でやっているのかどうか。

「さ、旦那、めえりやしょう」

銀次にうながされ、長い廊下をすすんだ。

おもったとおり通夜の客は少なく、縁者がしめやかに酒を呑んでいる。

仏間へ通されると、故人は北向きに寝かされ、顔に白い布をかぶせられていた。

「相良……」

三十有余年も忠勤に励んだ男の末路が、これか。

人の死とは、かくも呆気《あっけ》ないものなのだろうか。

あまりに、虚しい。

「顔をごらんになってくださりませ」

血の気を失った利恵の唇《くち》もとが震えた。

「では」

膝を躙《にじ》りよせると、利恵の手で白い布が捲《めく》られ、土気色の顔が目に飛びこんできた。

安らかな死に顔とはほど遠い。

悪尉《あくじょう》のごとき老人の異相だった。

悪尉とは怨霊役が用いる能面だ。相良は口をへの字に食いしばり、気難しい顔で眠っている。

この世に未練をのこした顔だと、勘兵衛はおもった。

利恵はひとことも発しない。

口惜《くちお》しい、死ぬほど口惜しいのだと、瞳で訴えかけてくる。

相良は長い勤めを終え、ささやかな幸福に包まれた余生を送ろうとしていた。

せっかく、これからは夫婦水入らずで隠居暮らしを楽しむところだったのに。

どうして、罪もない夫が辻斬りなんぞに遭わねばならぬのか。

神仏はなにゆえ、このような過酷な仕打ちを与えたもうたのか。

利恵は慟哭《どうこく》しながら、誰かに訴えたいのだ。

仏間には張りつめた空気が流れ、息をするのもためらわれた。

ふと、枕許に置かれた脇差が目に止まる。

「利恵どの、それは」

「相良家伝来の脇差にございます。わたくしの父から夫に譲られ、形見として遺《のこ》りました」

「ほう」

「どうぞ、ごらんくださりまし」

利恵は脇差を手に取り、すっと本身を抜いた。

「おっ」

眩《まばゆ》い光芒《こうぼう》に目を射貫《いぬ》かれ、おもわず仰《の》けぞってしまう。

鍔《つば》にちかい棟区《むねまち》には、鳥兜《とりかぶと》の家紋が彫られてあった。

「相州彫《そうしゅうぼ》りか」

「亡き父によれば、信国《のぶくに》の業物だとか。贋作《がんさく》かもしれませんけど」

刀身を眺めただけで、真贋の判別はつかない。

利恵は詳しい由来を知らないようだった。

「感服いたしました」

勘兵衛は丁寧にお辞儀をし、瞑目《めいもく》しながら両手を合わせた。

「南無……」

数珠を揉《も》み、経を唱えはじめる。

利恵は俯《うつむ》き、洟水《はなみず》を啜《すす》った。

さぞや、無念であろう。

勘兵衛は利恵の肩に、そっと手を置いた。

「気をたしかにもたれよ」

「はい」

利恵はつっと顔をあげ、上目遣いにみつめてくる。

厳しい眼差《まなざ》しだ。

夫の無念を晴らしてほしいと、訴えている。

――まかせておけ。

ということばが、口から出かかった。

無論、できるだけのことはするつもりだ。

が、辻斬りの探索は困難をきわめる。

下手人を挙げたい気持ちは山々だが、安請けあいはできない。

勘兵衛は、利恵の眼差しを避けた。

後ろ髪を引かれるおもいで、あじさい屋敷をあとにするしかなかった。

三

雨はしとしと降りつづいている。

用事があるという銀次をさきに帰らせ、勘兵衛はひとり「女殺し坂」を下っていった。

坂下へ降りて笄橋の手前に差しかかったとき、道端の花菖蒲が揺れたような気がしたので目をむけると、若い女が川面《かわも》をみつめながら佇んでいる。

ほっそりしたからだに喪服、さきほど見掛けた女にまちがいない。

月のように蒼白い女の横顔は凄艶《せいえん》と呼ぶにふさわしく、みるものの魂魄《こんぱく》を吸いとってしまうほどの狂気を秘めている。

死ぬ気か。

危うさを予感しつつ、勘兵衛はそっと近づいた。

「もし、どうなされた」

できるだけ、親しげに声を掛けてみる。

はっとして振りむいた女は、大きな目に涙を溜めていた。

濡れるにまかせているので、うなじや頬《ほお》に黒髪が貼りついている。

勘兵衛は菅笠をひょいと持ちあげ、顔全体でにっこり微笑《ほほえ》んでみせた。

さすがに、微笑仏《みしょうぶつ》と呼ばれるだけのことはある。

女は警戒を解いた。

「安心いたせ、怪しい者ではない。ほれ、廻り方の同心だ」

簑の狭間に手を差しいれ、背中から朱房の十手を引きぬいた。

「のう、安心したか」

「はい」

「そこで何をしておる」

「川面をみつめておりました」

「そなた、名は」

「みほと申します」

「武家の娘か」

鎌をかけると、みほは狼狽《ろうばい》するように首を振った。

「いいえ、下女にございます」

「奉公先を教えてくれぬか」

「日本橋小舟町の杏仁堂《きょうにんどう》にございます」

「荒布橋《あらめばし》のそばにある目薬屋のことか」

「はい」

小さな店ではない。江戸で知らぬ者とてない目薬屋で、幕府の御免状を掲げた薬種問屋仲間の肝《きも》煎《い》りでもある。

京都から江戸へ進出し、最初は日本橋本町三丁目に店を出した。二代目が小舟町へ店を移してから潮目が変わり、儲かるようになったとか。

今は三代目の与右衛門《よえもん》が店を仕切っている。

勘兵衛も知らぬ相手ではない。いつも光沢のある絹地の着物を羽織り、大狸《おおだぬき》のように太鼓腹を突きだして往来を闊歩《かっぽ》している。みるからに胴欲そうな五十男にほかならず、世間の評判もあまり芳しくなかった。

「悩み事がありそうだな、さしつかえなくば申してみよ」

「じつは、一昨夜もここで川面をみつめておりました」

「ほう」

相良の死と関わりがあるのではないかと直感した。

みほが申すには、与右衛門から使いをことづかり、笄橋の手前にある忍藩《おしはん》（十万石）の下屋敷まで進物切手《しんもつきって》を届けに訪れたのだという。

忍藩を治める阿部《あべ》家は幕閣の重職を歴任してきた家柄、商家にとってはたいせつな取引先である。進物切手は一流料亭や大店《おおだな》で食事や買い物ができる金券にほかならず、留守居役への盆暮れの挨拶《あいさつ》などによく利用されてきた。

与右衛門が授けた進物切手は、向島の『鵜飼亭《うかいてい》』という一流料亭で飲み食いのできる額面百両の切手であった。それを紛失してしまったのだと、みほは言った。

「百両か、それは大事だな。何か心当たりはないのか」

「そういえば、阿部さまの御下屋敷へむかう途中、麻布山の善福寺へお詣りに立ちよったところ、境内の盛り場で若い男に肩をぶつけられました」

「男の風体《ふうてい》は」

「たしか、青梅縞《おうめじま》の着物に黒の小白帯を締め、足許は雪駄《せった》履き」

「晒《さら》し木綿の手拭いを、肩に引っかけておったか」

「あ、そういえば、引っかけておりました」

「巾着切《きんちゃっきり》だ、そいつに切手をすられたのさ」

みほはすられたことに気づかず、忍藩下屋敷の門前までやってきた。そこでふと懐中をさぐってみると、切手を仕舞った畳紙《たとう》ごと消えている。

「顔からさあっと血の気が引き、膝《ひざ》が抜けおちました」

日没から二刻《ふたとき》余りもそこいらじゅうを彷徨《うろつ》き、雨に打たれながら死に場所を探していたのだという。

「気づいてみれば、ここに立ち、こうがい川をみつめておりました」

「身投げでもしようとおもったのか」

「はい」

そこへ、親切な隠居が通りかかった。

「あなたさまのように、お声を掛けていただいたのです。おかげさまで、此岸《しがん》の縁に踏みとどまることができました」

「隠居とは、あじさい屋敷の主人《あるじ》のことか」

「はい、相良さまにお助けいただかなければ、いまごろは生きていなかったにちがいありません」

「何と声を掛けられたのだ」

「生きておれば予見できぬことはいくらでも起きる。死ぬのは容易《たやす》いが、死んでしまったら元も子もなくなるぞと」

「なるほど、相良らしいな」

「あの……お知りあいでいらっしゃいますか」

「友であった。通夜にまいったのだ」

「わたくしもさきほど、線香を……今日になって、相良さまがお亡くなりになったと聞いたものですから」

みほは濡れた睫毛《まつげ》を瞬《しばたた》き、頬につたった雨粒を呑んだ。

「相良さまにご忠告いただいたのです。進物切手を無くしたことを、つつみかくさず旦那さまに告げたほうがよいと」

「告げたのか」

「はい。きついお叱《しか》りを覚悟していたのに、お咎《とが》めひとつ受けませんでした」

進物切手は特別な贈答品ゆえ、信用のならぬ者は安易に使用できぬ。料亭へひとこと通知しておけば事足りるから案じるにはおよばぬと、与右衛門に優しいことばを掛けられたらしい。

「はやまらずに、よかったではないか」

「相良さまのおかげなのです。でも、ご本人は逝っておしまいになられました」

「そなたのせいではあるまい」

「いいえ、一昨夜のあの時刻、わたくしと遭っておらなんだら、あのような不運にはめぐりあわずに済んだはず」

何やら堅苦しい。武家娘のような物言いだなと、勘兵衛はおもった。

「そなた、何か見たのか」

「はい」

さきほどまでとは打って変わり、みほはこちらを値踏みするような目つきをする。十手持ちといえども、まるごと信用するわけにはいかないとでもいうように、唇《くち》もとをぎゅっと結んでみせた。

「まさか、相良の死に目に行きあったのではあるまいな」

「ちがいます、ただ」

「ただ、何だ」

「相良さまと別れたのち、坂下からこうがい橋を渡りきったあたりで振りむくと、深編笠をかぶったお侍が橋むこうの辻を横切ってゆきました」

「亥ノ刻を過ぎておったのだろう」

「はい、雨も降っておりました。わたしは怖ろしゅうて、駈《か》けだしたいところを必死に我慢しました」

深編笠の侍は、大股《おおまた》で闇の彼方《かなた》へ遠ざかっていった。

「相良さまが辻斬りに遭われたと聞き、下手人はあの深編笠のお侍にまちがいないとおもったのです」

「なぜ、そうおもう」

「ご信じいただけないかもしれませんが、お侍を目にしたとき、吐き気をおぼえたのでござります」

「吐き気」

「血腥《ちなまぐさ》い臭いを嗅《か》ぎました」

いくら川幅が狭いとはいえ、笄川のむこうとこちら、犬でもあるまいし、臭いを嗅ぐには遠すぎる。

妙だなという疑念が、このときはじめて湧いた。

「相良さまはきっと、あのお侍に斬られたのです。さきほどお宅へ伺い、お顔を拝見させていただいたとき、そのおもいを深めました」

一介の下女に察知できることだろうか。

みほの発することばのどこかに、嘘があるように感じられてならない。

「あの」

「何だ」

「ご姓名を、お聞かせ願えませんか」

「おう、すまぬ。わしは長尾勘兵衛、南町の臨時廻りだ」

「臨時廻り」

「さよう、年寄りの就く役目だ。南茅場町の大番屋で、うぽっぽはおらぬかと尋ねてもらえばよい」

「うぽっぽの旦那ですね」

「取り柄は江戸じゅうを歩きまわることだけだが、少しは役に立つこともあろう。大番屋へ足をむけるのが嫌なら、葺屋町の福乃湯へ来い。親父橋の斜向《はす》かいにある銭湯だ。朝一番なら、たいていは女湯に浸かっておる。さもなければ、八丁堀の自邸を訪ねてくるがよい。地蔵橋のそばにある。満天星《どうだん》の垣根が目印だ」

「満天星」

「ああ、井上仁徳《いのうえにんとく》という金瘡医に表店を間借りさせておってな、白い鯰髭《なまずひげ》を生やかした爺さまだから、みりゃすぐにわかる。口は悪いが、腹には何もない。八丁堀で仁徳を知らぬ者はおらぬから、迷ったら誰かに聞け。ともあれ、困ったときは遠慮せずに訪ねてくるがよい」

「ありがとう存じます」

　みほは頭を垂れ、顔をあげようともしない。

「しかし、困った。たとい、そやつが凶刃を振るったにせよ、深編笠をかぶっていたというだけでは捜しようがない、江戸は広いからな」

　溜息を吐《っ》くと、みほは挑むような眼差しを投げかけてきた。

「どうした」

「いいえ、何でもありません」

　何か隠し事でもあるのだろうかと、勘兵衛はおもった。

雨粒が白い頰を伝って、顎《あご》のさきから滴りおちている。

あいかわらず、雨は熄む気配もない。

このときはじめて、勘兵衛は汀《みぎわ》に夾竹桃《きょうちくとう》の紅い花が置いてあることに気づいた。夾竹桃は仏縁の高木である。みほが手向《たむ》けるつもりで、手折ってきたにちがいない。

もしかしたら、相良は坂の途中ではなく、坂下で斬られたのだろうか。

今、みほが佇んでいるあたりなのではないかと、勘兵衛は疑った。

花菖蒲の叢が川風に揺れながら、雨に打たれている。

それが、みほの喪服を華麗に彩る裾《すそ》模様にみえた。

四

梅雨も終わりを告げると、紫の花々は萎《しお》れ、道端や水辺や庭に紅や白の花が咲きはじめる。紅は芍薬《しゃくやく》、葵《あおい》、撫子《なでしこ》、百日紅《さるすべり》。白は南天やどくだみや水草。甘い香りに誘われて塀際を仰げば柚《ゆず》の花なども咲いている。

利恵やみほの顔は、日を追うごとに記憶から薄れていった。

だが、この世に未練をのこした相良潤之介の死に顔だけは、瞼《まぶた》の裏に焼きついてはなれない。

辻斬りの下手人については「深編笠の侍」ということ以外に、これといってめぼしいはなしもなかった。昨夜は相良の初七日、麻布のあじさい屋敷へ線香をあげに行きたかったが、仏前に何ひとつ報告することもなかったので遠慮した。

勘兵衛は庭の芍薬を愛《め》でながら、縁側で渋茶を啜っている。

さきほどまで表店から聞こえていた悲鳴はようやく消え、つかのまの静寂がおとずれていた。

山雀《やまがら》がさっそく遊びにきたので、豆を撒《ま》いてやる。餌付《えづ》けをしているわけではない。鳥どもは花の蜜を吸いに来る。せっかく咲いた花弁を落とされるのが嫌なので、仕方なしに豆を撒くのだ。

「ほうれ、ほいほい、豆を食え、さもなくば飛んでゆけ」

ここに来れば豆が食えると知ってか、このごろは鳥の数も増えた。

椋鳥《むくどり》に目白に燕《つばめ》に尾長、駕籠《かご》抜け鳥の文鳥や嘴太鴉《はしぶとがらす》まで我が物顔で飛来する。

豆撒きをやめれば花弁を落とされるので、やめるわけにもいかない。よかれとおもってはじめたことが徒《あだ》となり、やめる時機を逸し、決断もつかぬまま悪循環にはまってしまう。人生においても、ままあることのような気がした。

「ほうれ、ほいほい、豆を食え」

鳥どもが人の気配を察し、いっせいに飛びたった。

満天星の垣根を背にし、白髭を返り血で染めた老人が近づいてくる。

間借り人の金瘡医、井上仁徳であった。

「うぽっぽ、わしにも渋茶を淹《い》れてくれ。いや待て、酒にしよう」

「朝っぱらから酒ですか」

「おうよ、酒でも呑んでなきゃやってらんねえ」

「若い男が、ぴいぴい泣き叫んでおりましたな」

「蒟蒻島《こんにゃくじま》（霊巌島《れいがんじま》）のちんぴらさ。喧嘩相手に小指を食いちぎられてな、そいつをくっつけろと騒ぎたてておったのよ」

「ちぎれた小指を携えてきたのですか」

「いいや、小指を呑みこんだ相手を仲間が引きずってきた。そいつの腹を裂いて指を取りだせと抜かす」

「それで」

「いくらなんでも腹を裂くのは可哀相だ、糞《くそ》といっしょに出てくるまで待っておれと脅してやった。そうしたら、鼻白んだ顔で黙りよったわ。ぶはは……あれ、可笑《おか》しゅうないのか」

「別に」

「けっ、愛想のねえ野郎だ。伊丹《いたみ》の下り酒が仕舞ってあったじゃろう、あれを出せ。冷やでいいぞ」

腰をあげかけたところへ、綾乃が小走りに駆けてきた。

割烹着《かっぽうぎ》は血だらけで、小鼻をぷっと膨《ふく》らませている。

「ちんぴらにからかわれたのさ、だから、ああして怒っておる。年頃の娘があれではな、ちと可哀相な気もするが詮方あるまい。手伝いのおよね婆が夏風邪をこじらせちまった、猫の手も借りたいところでな」

綾乃は嫌々ながら手伝っているのではなく、医術にやり甲斐《がい》を感じている。だからといって、勘兵衛は綾乃を医者にする気など毛頭ない。良縁に恵まれ、立派な若者のもとへ嫁いでほしいとおもっている。

「綾乃」

「はい」

「仁徳先生に伊丹の酒を出してやれ」

「かしこまりました」

奥へ引っこむ綾乃を見送り、仁徳は不満げに口を曲げた。

「うぽっぽ、綾乃は疲れておる。酒肴《しゅこう》くらいおぬしが仕度せい」

「はあ」

「節分でもあるまいに、豆なぞ撒きおって。どうせ、無聊《ぶりょう》をかこっておるのであろうが」

仁徳はみたとおりの酔いどれ医者だが、ただの金瘡医ではない。三十数年来、斬殺死体や水死体の検屍に関わってきた。所見の正確さには定評があり、南北町奉行所のお偉方に知りあいも多い。

無遠慮で豪放磊落《ごうほうらいらく》、不浄役人など屁《へ》ともおもっていない不貞不貞《ふてぶて》しさとはうらはらに、情にもろい面もある。勘兵衛を育ててくれた養父母が生きていたころから、この家の表店に住みついている。綾乃は赤ん坊のころ、おしめを換えてもらっていた。もはや、家族も同然なのだ。

家族も同然といえば、このところ毎日のように顔を出す若手の定廻りがひとりいる。

末吉《すえよし》鯉《こい》四郎《しろう》、二十五歳。皐月《さつき》生まれの四男坊なので鯉四郎と名付けられた。中気を患った祖母とふたり、近所の同心長屋に暮らしている。

「あやつ、そろそろ来よるぞ」

仁徳がにやりと笑みを洩らす。

「うぽっぽ、どうおもう」

「何がです」

「鯉四郎のことさ、綾乃に惚れておるぞ。だから毎朝、用もないのに顔を出すのじゃ」

二十年前、鯉四郎の父は勘定方に任じられていたが、不正に連座した廉《かど》で腹を切らされた。直後に母も頓死し、祖母のもとに幼い兄弟が遺された。兄たちはつぎつぎに病死を遂げ、無事に成長できたのは末子の鯉四郎ひとりだった。

「丈は六尺、横幅もある。鼻筋の通った見栄えのする面つきだが、蔭《かげ》があるのは生いたちのせいじゃろう。剣は小野派一刀流の練達《れんたつ》らしいが、みずからを誇らぬところがよい。ただし、下戸《げこ》というのが欠点じゃな。おぬしも婿と差しむかいで酒を呑みたかろう」

「いいえ、まったく。鯉四郎を婿に迎えるつもりなどありませんから」

「ふん、親莫迦のせいで、娘は婚期を逃すのじゃ」

「肝心の綾乃に、その気はありませんよ」

「どうかな、うぽっぽの目は節穴じゃからのう。ふふ、あの若僧をみておると、おぬしの若い時分をおもいだす。剛毅木訥《ごうきぼくとつ》、猪突猛進《ちょとつもうしん》、何をするにも考えが浅すぎるところなぞ、ようく似ておる。じゃが、小利口に立ちまわるよりはいい。無骨でも情のわかる十手持ちがめっきり少なくなった」

勘兵衛は憮然《ぶぜん》として応えない。褒められている気がしなかった。

「綾乃は鯉四郎を嫌っておるようにみえるが、本心かどうかはわからぬぞ。本人も気づかぬうちに恋心を抱いておることもあろう……ま、焦っても仕方あるまい。恋に焦りは禁物じゃ、おぬしの二の舞になっても困るしな」

「それは、どういう意味です」

「気色《けしき》ばむな。おぬしは逃げられた女房のはなしになると目の色を変えよる。そろそろ、あきらめたらどうじゃ。若くて働き者の嫁さんでも探せ、おぬしも男であろう、枯れるにはまだ早すぎるぞ」

綾乃が酒肴をはこんできた。

勘兵衛は口を尖《とが》らせ、むっつり黙りこんだ。

「はい、先生、下り物のお酒に佃煮《つくだに》です。冷や奴もつけておきましたよ」

「気が利くのう。嫁にやるのはもったいないわい」

「何を仰いますやら」

綾乃は頬をぽっと染め、盆で胸を隠すように奥へ引っこんだ。

「二十歳か、可愛いのう」

仁徳は愛用のぐい吞みに酒を注ぎ、水でも吞むように呷《あお》ってみせる。

「ぷはあ、うんめえ。朝酒は百薬の長、これがなけりゃ一日ははじまらぬわい」

勘兵衛も手酌で酒を注ぎ、ぐい呑みの縁を嘗《な》める。

騒々しい気配に振りむくと、鯉四郎が眸子《まなこ》をぎらつかせて駈けこんできた。

「ほうら、おいでなすった。よう」

仁徳はひょいと手をあげたが、鯉四郎の様子はいつもとちがう。

「長尾さま」

「どうした、血相を変えおって」

「殺しです」

「なにっ」

「昨夜、麻布で女が殺されました」

「麻布か、ずいぶん遠いな」

「こうがい橋横の牛鳴坂です。別名は女殺し坂、まさに、斬られたのは女でした」

「まさか、その女」

「小舟町の杏仁堂に奉公する下女で、名はみほ」

「やはり、そうか」

「正面から心ノ臓をひとつき、振りむきざまに突かれたのではないかとのことです」

「得物は匕首《あいくち》か、それとも刀か」

「傷口から推せば、刀であろうと……やはり、辻斬りでしょうか」

「その目でほとけもみておらぬのに、手前勘でものを言うな。ほかには」

「は、見廻りの辻番に助けられたときは、まだ息があったそうです。じつは、今際《いまわ》で長尾さまの名を」

「なに、わしの名を口走ったのか」

「は、それゆえ、ほとけは筵《むしろ》に寝かされたまま、動かさずにいるとかで」

「くそっ」

勘兵衛は悪態を吐き、ぐい呑みを一気に呷った。

鯉四郎は、めげずにつづける。

「坂のてっぺんには、相良さまのあじさい屋敷がござりましたな」

「ふむ、おぬしも知らぬ仲ではあるまい。そういえば、通夜には顔を出さなんだな」

「知りあいに頼まれ、数寄屋橋で宿直《とのい》をしておりました」

「ふん、余計なことを」

「なにはともあれ、急ぎましょう。銀次がひとあしさきにむかっております」

勘兵衛はぐい呑みを床に置いた。

綾乃が奥から心配そうに覗《のぞ》いている。

仁徳は佃煮を指で摘《つま》み、口に抛《ほう》りこんだ。

「朝っぱらからこの暑さだ、着くころにゃほとけに銀蠅《ぎんばえ》がたかっておろうよ。うぽっぽ、はやく行ってやれ、ほとけはおぬしを待っておる」

言われなくとも、わかっている。

——くそったれめ。

勘兵衛は叫びたい気持ちを抑え、朱房の十手を帯の背中に差した。

五

油照り、茹《う》だるような暑さだ。往来には土埃《つちぼこり》が舞っている。

町娘たちの艶やかな着物の裾は捲れ、手間を掛けて結った髪も解《ほつ》れている。

筵に寝かされたみほの眸子は驚いたように瞠《みは》り、虚空をみつめながら銀蠅がたかるにまかせていた。

仁徳の言ったとおりだ。

銀蠅どもは細長い舌を伸ばし、陽光に溶けかかった眼球の汁を啜っている。

鯉四郎は全身汗みずくで息を切らしながらも、しきりに喋りかけてくる。

「相良さまを斬った下手人とおなじやつでしょうか。いずれもひと太刀、背中と胸のちがいはあれど、手練《てだ》れの仕業に相違ございません」

「黙れ、安易に筋読みするな」

「は」

一度目は大名屋敷への使い、二度目はあじさい屋敷への通夜、みほが牛鳴坂へ足をはこぶのはこれで三度目だ。

使いに出されたのか、それとも、みずからの意思でおもむいたのか、判然としない。

いずれにしろ、殺意を抱いた何者かに呼びとめられ、目的を遂げさせてしまった。

鯉四郎に指摘されるまでもなく、相良殺しとの関わりは否めない。

勘兵衛はみほが殺されたと聞いたときから、ふたつの殺しが辻斬りではないのではと考えはじめていた。

さきを行く鯉四郎が、喋りかけてくる。

「女殺し坂という俗称が引きおこした忌まわしい出来事、地元ではそのように受けとられているようです。阿部播磨守《はりまのかみ》さまの御家中などは信州から著名な行者を呼びつけ、厄払いを頼んだとも聞きました」

「んなことは、どうだっていい」

「は」

「くせものは、みずからの技倆《ぎりょう》を過信した。夜目《よめ》とは申せ、みほを一刀で仕留められなかったのだからな」

みほは全身の血を搾《しぼ》りとられながらも、最後のちからを振りしぼり、辻番に勘兵衛の名を告げた。辻番の親爺《おやじ》によれば、ただ、名を告げただけであったという。

いちどしか遭ったことのない自分に、いったい、何を頼みたかったのか。

「断ちきれぬこの世への未練を、わかってほしかったのでしょうな」

鯉四郎がまた、余計なことを口走る。

しかし、勘兵衛は窘《たしな》めようとしなかった。

当たっていると、おもったからだ。

「未練か」

みほという女は、拠《よ》ん所ない事情を抱えていたような気がしてならない。

ただ、それが何なのか見当もつかないだけに、もどかしくて仕方なかった。

「死んじまったら、元も子もないではないか」

勘兵衛は歯を食いしばり、急坂を上りきった。

鯉四郎ともども足をむけたさきは、いまだ喪の明けぬ相良家である。

無惨にも紫陽花は枯れてしまったが、かわりに薄紅色の昼顔が咲いていた。

線香をあげがてら、利恵に尋ねてみたいことがある。

応対にあらわれた利恵は華やいでみえ、通夜のときとは別人のようだった。

「長尾さま、お待ちしておりました」

妙な言いまわしだ。

仏間に通されると、相良潤之介は戒名になっていた。

仏壇には白い花ではなく、紅い花が豪華に飾ってある。

勘兵衛は数珠を揉み、線香をあげた。

「利恵どの、これは夾竹桃ですな」

「はい、坂下にある辻番のお爺さんから、三本四文で分けていただいたのです。何でも、阿部さまの御下屋敷に植わっているのだとか」

「ほう」

勘兵衛は、濡れたすがたで汀に佇むみほを浮かべた。

みほが手向けようとした夾竹桃も、辻番から買ったものかもしれない。

「長尾さま、どうかなされましたか」

「いいや、仏壇を華やかに飾ってもらい、相良もさぞかし喜んでおることでしょう」

利恵は応えず、曖昧《あいまい》な笑みを浮かべるだけだ。

勘兵衛は鯉四郎を紹介し、さっそく本題にはいった。

「ほかでもない、相良は今年にはいってから、隠密裡《り》に何かを探っておったのではござらぬか」

探りを入れると、利恵は少し表情を変えた。

「やはり、おもいあたる節がおありのようだ。それを、お聞かせ願おう」

「じつを申せば」

相良は類例を調べる例繰方でありながら、吟味方の同心にでもなったかのように、とある一件を探索していた。

「探索に命を賭けておりました。されど、誰に何を尋ねられても、いっさい喋ってはならぬと申しつけられております」

「ほう、なぜかな」

「おはなしを聞いていただいたお方に、ご迷惑が掛かるやもしれぬと」

「相良がそう言ったのか」

「はい」

「みずからの死を予見していたかのごとき言いまわしではないか」

「仰るとおりにござります。夫は口にこそ出しませなんだが、身に危険が迫っているのを察知しておりました。しかも、自分が死ねばきっと、ご親友の長尾さまが通夜に訪れるであろうとも」

「なに、わしが」

「それだけではござりませぬ。自分が荼毘《だび》に付されたあと、長尾さまに再度お訪ねいただいたときは、そのときこそ、知っていることのすべてを打ちあけるようにとの遺言をことづかっております」

利恵はよどみなく、淡々とつづけた。

「お聞きいただけますか」

「無論だ」

相良は死の直前まで、とある勘定方が辻斬りに遭った一件を調べていた。

「潮《うしお》田《だ》源八郎《げんぱちろう》さまはご存じでしょうか」

「いいや、知らぬなあ」

「昨夏、牛鳴坂の下で辻斬りに遭われたのです」

「なに」

坂で斬られた者がもうひとりあったと聞き、勘兵衛も鯉四郎も身を乗りだした。

利恵によれば、潮田殺しについては下手人の端緒さえつかめず、探索の打ち切りを意味する「永尋《ながたずね》」に切りかわったという。

この一年足らずのあいだに、坂で三件もの殺しがあったとは、妙なはなしだ。

「潮田さまは辻斬りに遭ったのではない。明確な意図をもった何者かに殺《あや》められたにちがいないと、夫は申しました。それを察しておきながら、黙って見過ごすことができようかとも」

「お待ちなさい。相良はなぜ、潮田なる人物にこだわったのであろうか」

「鉢物競《くら》べの集まりで意気投合したのだそうです」

潮田もたいそうな鉢物愛好家で、ふたりは珍しい変わり朝顔や斑入《ふい》りの万年青《おもと》などを通して親密な間柄になった。利恵は相良から、何でも相談のできる相手だと告げられたことがあったらしい。

勘兵衛は潮田を知らないどころか、はなしに聞いたこともなかったので、少し淋しくなりながらも、利恵につづきを促した。

「梅雨明けのちょうど今頃の季節、夕暮れ時にござりました。潮田さまは牛鳴坂の坂下で斬られたのでござります」

「利恵どのも、ほとけをみたのか」

「はい。潮田さまは拙宅へはじめて遊びに来られる途中でした。ご遺体のそばには粉々になった鉢植えが……夫が申すには、それは潮田さまが丹誠籠《こ》めて育てあげた変わり朝顔であったとか」

おそらく、潮田が土産《みやげ》にしようと携えてきたのだろう。

相良はほとけが運ばれたあとも居残り、散乱した鉢の欠片《かけら》と花を黙々と拾いあつめていた。

「それから数日が経《た》ち、夫は自分の身も危うくなるかもしれない、おまえも覚悟を決めておけと申しました」

「覚悟を」

「はい。何があっても狼狽《うろた》えてはならぬと、伝えたかったのでしょう。そのときのことばどおり、夫は逝ってしまいました……これで、すべてにございます」

やはり、辻斬りではなかったのだ。

三人の殺しは繋《つな》がっていると、勘兵衛は読んだ。

「利恵どの、相良を殺めた者の心当たりは」

「ございませぬ」

ならば、殺しの理由も知るはずはない。

何やら、利恵が不憫《ふびん》におもわれてきた。

相良は唯一信頼のおける妻にさえ、真相のすべてを打ちあけなかったのだ。

「あのひとは優しいひとです。真相を知れば、わたくしにも危害がおよぶと考えたのでしょう」

意志の強そうな瞳が潤み、ひと筋の涙がつうっと頬を流れおちた。

「夫はいつも、長尾さまのことをご案じ申しあげていたのですよ」

「わしのことをか」

「はい、自分に似て不器用なところがあるから、仲間とうまくやれずに揉め事を起こしかねない。自分のほうが年は少し上だから、弟をみているようで案じられてならないなどと」

勘兵衛はぐっとことばに詰まった。

深い悲しみが迫《せ》りあがってくる。

隣で鯉四郎が洟水を啜った。

勘兵衛は気を取りなおし、利恵の潤んだ眸子をみつめる。

「利恵どのは通夜の晩、何か喋りたいのを必死に怺《こら》えておいでのように見受けられた。やはり、そうであったのだな」

「苦しかったのですよ」

「されど、相良の遺言をしっかり守られた」

「長尾さまは、きっとまたお越しになられる。そう、信じておりましたから」

利恵はいきなり畳に額《ぬか》ずき、三つ指をついた。

「どうか……どうか、このとおりにございまする。夫の無念をお晴らしくだされ」

勘兵衛は顎を引き、黙然と頷《うなず》いた。

「利恵どの、手をあげてくれ。あのな、最後にひとつだけ聞いておきたいのだが」

「何でございましょう」

「杏仁堂の下女で、みほという女をご存じないか」

「杏仁堂なら存じておりますが、みほというお方は……はて、知りませぬ」

「さようか」

「そのお方が、どうかなされたのですか」

「昨晩、殺された」

「もしや、牛鳴坂で」

「さよう」

「まあ」

利恵は絶句した。

「みほは、通夜にも訪れたはずだ」

「おぼえておりませぬ」

「相良は斬られる直前、あの坂でみほに遭っている」

「まことですか」

「みほは相良の死が自分のせいだと信じこみ、心を痛めておった。もういちどお尋ねするが、やはり、みほのことをおぼえてはおらぬか」

「おぼえておりませぬ」

きっぱりと言いきり、利恵は口を真一文字に結んだ。

嘘ではあるまい。嘘を吐く理由は何ひとつないのだ。

六

勘兵衛は鯉四郎や銀次にも手伝わせ、丸二日かけて潮田源八郎の周辺をあらった。

まず、何よりも妙なのは、潮田が斬られた直後、すぐさま潮田家が断絶になったことだ。

記録には「不嫡子」とだけあるので、家を継ぐべき実子も養子もなかったのだろうが、何ら斟酌《しんしゃく》された形跡もなしに家名の断絶という厳しい処分が下されたことは、やはり、妙だと言わざるを得ない。

もはや、訪ねるべき家もないので、勘定所に勤めるかつての同僚や部下たちに尋ねてまわるしかなかった。実際、何人かみつけて当たってはみたものの、みな、潮田の死については口を閉ざした。

何かあるなという直感ははたらいたが、隠された真相を知る術《すべ》はない。

勘兵衛は昨夏の辻斬りに関する記録を当たってみようとおもいたち、南町奉行所へ足をはこんだ。

ところが、ここでもまた奇妙な事態に遭遇した。

潮田源八郎が斬られた日の記録だけが、なぜか、破りとられていたのだ。

「ふうむ、ここまでか」

探索が暗礁《あんしょう》に乗りあげたやにおもわれたとき、塵《ちり》の舞う書物蔵で予期せぬ人物に肩を叩かれた。

「おぬし、何を調べておる」

例繰方かとおもいきや、さにあらず、沼底に棲息する鯰が唇をめくりあげて、じっとこちらを睨《にら》んでいる。

年番方与力、小此木監物であった。

小此木は「生き字引」などと称され、かれこれ四十年近くも南町奉行所内に根を張っていた。

年番方与力は町奉行《まちかた》所に所属する与力の筆頭、有能な者が就き、奉行所内の役替えにも口を出す。奉行は替わっても、年番方与力は替わらない。したがって、奉行に従属する内与力を除けば、小此木に逆らう無謀者はひとりもいなかった。

奉行自身でさえ、年番方与力と対立することは避ける。忌々しい存在と感じても、ないがしろにはできない。上手に取りこまないかぎり、奉行所内はうまくまわっていかぬのだ。

年番方与力の職禄はせいぜい二百石余り、身分は御目見《おめみえ》以下で、表向きは一代かぎりの抱席《かかえせき》にすぎない。一方、江戸町奉行は数千石の世禄《せいろく》にくわえて役高三千石の大身である。

にもかかわらず、歴代の南町奉行は小此木に気を遣いすぎるほど遣ってきた。

今の根岸肥前守鎮衛《ねぎしひぜんのかみやすもり》にしても例外ではない。齢六十八、今年で在職七年目の名奉行だが、奉行所内における経験では小此木に敵わぬ。

何十年とおなじ地位に居座りつづけていれば、どんな者にも驕《おご》りが生じてくる。立場を笠に着て悪事をはたらくようなら、糾弾《きゅうだん》しなければならぬところだが、小悪には目を瞑《つぶ》らざるを得ない。

小悪どころか、小此木は奢侈《しゃし》禁止令に触れる行為をおこなった。みずからの威勢をひけらかすかのように、営々と貯めた賄賂《わいろ》を使い、自邸の大屋根を銅瓦で葺《ふ》こうとしたのだ。

それでも、根岸は厳罰に処そうとしなかった。できなかったのである。

小此木にも罰せられないことはわかっていた。根岸にかぎらず、誰が町奉行の座に就こうとも、自分には逆らえないと過信しているのだ。

慢心が着物を着てふんぞりかえっている。

そんな小此木に声を掛けられたことなど今までなかったので、勘兵衛は驚かされた。例繰方しか見掛けぬ書物蔵に年番方与力が立ちいること自体、めったにあるはなしではないのだ。

「おぬし、臨時廻りの長尾勘兵衛であろう」

「は」

「うぽっぽなぞと、小莫迦にされておる男だな」

「いかにも、さようにござります」

「ついでに申せば、三十有余年のお勤めで華々しい手柄をあげたこともない。野心の欠片も抱かぬお人好しで、日がな一日、町じゅうを歩きまわることしか能のない蒟蒻野郎とも聞いたぞ」

　蒟蒻とは、骨のない男というほどの意味らしい。

「よくご存じで」

「開きなおるのか、この昼行灯《あんどん》め。いったい、何を調べておるのじゃ、正直に申せ」

「昨夏、麻布で起こった辻斬りの一件を調べております」

「斬られた相手は」

「勘定方、潮田源八郎さま」

「潮田源八郎か、知っておるぞ。たしか、永尋になった一件であったな」

「は」

「なにゆえ、かの一件をほじくりかえす」

「三日前の晩、麻布のおなじ牛鳴坂で下女が殺されました。その関わりで調べております」

「なるほど。で、何かわかったか」

「重大なことがひとつ」

「何じゃ」

　小此木は二重顎を突きだし、執拗《しつよう》に訊いてくる。

勘兵衛は、返答に細心の注意を払った。

「昨夏の辻斬りに関して、記された紙が一枚も見当たりませぬ」

「紛失したのであろう」

「いいえ、その日の記録だけが綴《つづ》りから破りとられた形跡がございます」

「たしかか」

「はい」

「事実なれば、由々しきことじゃ。さっそく奉行所内を隈《くま》無く捜しまわり、記録を破った者を捕らえねばならぬ。が、捨ておけ」

「はあ」

「はあではない。ただでさえ糞忙しいときに、内々の者をひとりひとり調べる手《て》間《ま》隙《ひま》など掛けられぬ。永尋の記録を一枚紛失したところで、大勢に影響はない」

「仰る意味がわかりかねますが」

「おぬしとて臨時廻り、辻斬りひとつに固執してばかりもおられまいが」

「おことばではございますが」

素直に頷いておけばよいものを、勘兵衛は年甲斐もなく意地を張った。

「この一件は、石に齧《かじ》りついてでも解明いたす所存」

「ぬわにっ」

小此木は驚き呆れ、血走ったぎょろ目を剝《む》いてみせる。

「この蕪《かぶ》っかじりめ、おぬしのごとき能無しに何ができる」

「何ができるか、やってみなければわかりませぬ」

「ふん、わしにたてつくとは良い根性をしておる。おぬしのごとき屑など、鼻息ひとつで地の果てへでも吹きとばすことができるのだぞ。何なら臨時廻りの役目を解き、明日から書役《かきやく》にでもまわしてつかわそうか」

脅しである。

「妙ですな」

「何じゃと」

「小此木さまともあろうお方が、なにゆえ、昼行灯ごときを相手になされます」

「ふん、口の減らぬ男じゃ。ともかく、余計なことを穿鑿《せんさく》いたすな。命を縮めるもとになるぞ」

命を縮めるとは、どういうことだろうか。

ふと、おなじ台詞を、相良もむけられたのではないかという疑念が生じた。

「もうよいわ」

小此木は怒りで顔を真っ赤に染め、悪態を吐きながら退出していった。

跫音が消えるのを待って、勘兵衛も翳りゆく書物蔵をあとにする。

いつのまにか、西の空は茜《あかね》色に染まっていた。

嘴太鴉が群れになって、千代田城の紅葉山へ飛んでいくところだ。

奉行所の門を出ると、往来のむこうに銀次が待ちかまえていた。

「旦那」

「おう、どうした」

「おもしれえことがわかりやしたぜ」

「ん」

「へへ、軍鶏《しゃも》鍋でも突っつきながら、どうです」

「よし」

ふたりは数寄屋橋から京橋まで歩き、水谷町の露地裏にある『吾作』という軍鶏鍋屋の暖簾《のれん》をくぐった。

暮れ六つの鐘が鳴ったばかりだというのに、店内はけっこう賑わっている。

「さすがは吾作、人気があるわい」

秘伝の出汁で煮る軍鶏鍋は、絶品と評判なのだ。

「毎度どうも、すっぽんの親分。あれ、うぽっぽの旦那もごいっしょで」

「へへ、すっぽんが軍鶏を食いにきたぜ。奥にちょこっと席をつくってくれや」

「承知しやした」

胡麻《ごま》塩頭の親爺は、衝立《ついたて》を二重に立てまわした奥に席をつくってくれた。

信楽焼《しがらきやき》の徳利とともに、七輪《しちりん》がはこばれてくる。

徳利の中身は剣菱の冷や酒、七輪は自分たちで鍋を煮直すためのものだ。

ぐい呑みで冷や酒を呷ったところへ、さっそく、軍鶏鍋が登場した。

「掛けろ、掛けろ」

勘兵衛に急きたてられ、親爺がいちど煮立てた鍋を七輪に掛ける。

鶏がらに昆布や生姜《しょうが》や酒をくわえた出汁が甘い香りをはこび、いやが上にも食欲をそそられた。

「いれろ、どんどんいれろ」

銀次は勘兵衛に命じられるがまま、軍鶏肉と葱《ねぎ》を鍋にぶっこんだ。

勘兵衛は付きだしの蒟蒻を指で摘み、微笑仏のように笑ってみせる。

「小此木にな、蒟蒻野郎と言われたぞ」

「それはそれは、光栄なこって」

口のなかに、唾《つば》が溜まってきた。

「よし、食うぞ」

軍鶏だけあって、肉の身は引きしまっている。

これを、猪や鹿肉のように長く煮込んではいけない。

煮立った湯にさっと入れ、肉が桃色のうちに食べる。

葱もそうだ。甘味のある芯が温まったら、酢醤油に浸け、口へ抛りこむ。

勘兵衛は肉を食い、葱を食った。

腹ができたら少し休み、剣菱を味わう。

「銀次よ、至福だな」

「まこと、そのようで」

「ところで、肝心のはなしだが」

「おっと忘れちゃいけねえ。みほの素姓がわかりやしたぜ」

「ほ、そうか」

「本名は潮田美穂、殺された潮田源八郎の妻女でやす」

「まことかよ」

勘兵衛は、箸《はし》で摘んだ軍鶏肉を鍋にもどした。

「相良さまとも、従前からのお知りあいだったにちげえねえ」

「女殺し坂で助けられたなどと……あれはぜんぶ嘘か」

「どこまでが嘘かは知りやせんがね、しめしあわせて逢っていたのはまちがいねえでしょう。夫は殺され、潮田家は断絶になった。おそらく、みほは誰も信じられなかったのでしょうよ。相良さまを除いてはね」

利恵も、みほのことを知っていたのではあるまいかと、勘兵衛はおもった。

そうであったとするなら、利恵は嘘を吐いたことになる。

なぜであろうか。嘘を吐かねばならぬ理由でもあるのか。

勘兵衛は、利恵のおもいつめた横顔をおもいだした。

いずれにしろ、このたびの一件には巨悪の影がちらついている。

誰かを素直に信用すれば、身を滅ぼしかねない。

みほも利恵も、きっとそうおもったのだろう。

「こうがい橋の汀に置かれた夾竹桃、ありゃ相良さまじゃなく、自分の旦那に手向けられた花だったのかもしれやせんね」

そうであったにちがいない。

みほは三度どころか、足繁く牛鳴坂へ通っていたのだ。

そのたびに潮田の霊を弔い、一方では相良と連絡《つなぎ》を取っていた。

「いってえ何のために」

「ふたりしてちからを合わせ、潮田源八郎の敵を討とうとしていたのかもしれぬなあ」

利恵も言ったとおり、潮田は明確な意図のもとに殺された。

みほもそう踏み、勘定方の夫が殺された理由を探ったにちがいない。

そして、端緒を得た。

動かぬ証しをつかむべく、相良に助っ人を仰いだ。

「なるほど、そう考えりゃ辻褄《つじつま》は合う」

弱い者同士がちからを合わせ、得体の知れぬ敵に立ちむかおうとしたのだ。

鍋はぐつぐつ煮え、白い煙を巻きあげている。

「銀次、卵とじのおじやで締めようぜ」

「へへ、そうしやしょう」

「つぎに調べる相手は誰だ」

「きまっておりまさ、目薬屋の与右衛門で」

みほは何かを探るべく、杏仁堂へ奉公にあがったのだ。

「銀次よ、与右衛門はほとけになったみほを受けとり、荼毘に付してくれたそうだな。おめえも付きそい、鯉四郎がほとけを送りとどけたのであろう」

「そんときゃ与右衛門に会えず仕舞いでやした」

「なかなかの悪党らしいぞ」

「そいつは楽しみだ」

銀次は鍋の水加減をととのえながら飯を入れ、軍鶏の卵を溶き流した。

七

本材木町の大路を楓川に沿って北へむかい、夕河岸の喧噪《けんそう》も醒《さ》めやらぬ江戸橋を渡る。すると、広小路の右手に荒布橋がみえてくる。

賑やかな魚河岸へとつづく堀留、その入口に架かる橋には夜でも大勢のひとびとが行き交っている。

橋のうえから対岸を見渡すと、魚卸問屋が軒をつらねるなかに、一軒だけ大屋根に傘つきの拝み看板を飾った店がある。看板には屋号とともに、大文字で「御目あらひ薬」と彫られていた。

杏仁堂は日本橋本町三丁目から小舟町へ移ってから、世間に遍《あまね》く知られるようになった。

荒布と「洗う目」を掛けた駄洒落《だじゃれ》が、江戸者の遊び心を擽《くすぐ》ったとのはなしもある。が、杏仁堂を江戸でも屈指の大店に押しあげたのは、宣伝文句に「三日で治る」と銘記された目洗薬の効能によるものだ。

「おしまのやつが、はやり目を患いやしてね」

と洩らす銀次も、つい先日、杏仁堂へ薬を貰いに訪れていた。

古手の奉公人は京生まれの者たちで固めており、みな、京訛《なま》りのはんなりしたことばを喋る。

「そいつがめずらしいってんで、客が何度も足をはこびたがるとか」

「与右衛門も京訛りで喋るのか」

「さあ、本人は江戸者のはずでやすからね。ところで、旦那は杏仁堂の目洗薬を使ったことがおありですかい」

「いいや」

「それなら、おすすめですぜ。宣伝文句どおり、おしまは三日で治っちまった。ありゃ本物だ」

薬の成分は炉甘石《ろがんせき》なる石薬、瞼の裏にできた粘膜のただれを治癒してくれるらしい。石薬を焼いて粉末にし、梅肉と竜脳《りゅうのう》を混ぜる。さらに、鎮痛と消炎作用のある蜂蜜と氷砂糖を配合し、これらを紅絹《もみ》の袋に入れて巾着状に包む。袋は蛤《はまぐり》の貝殻におさめ、商品として売りに出すのだ。

「使うときは水を用意しやす」

紅絹の袋を清水に浸し、茶漉《こ》しの要領で振りだす。

紅絹の布目からは、乳のような薬が滲みでてくる。これで瞼の内を拭えば、清々しさとともに充血が消え、膿《うみ》なども引っこんでしまうらしい。

「一日に六度、三日で十八回、これで完璧に治りやすぜ」

「ふうん」

江戸の町は一年じゅう風が強いこともあって、はやり目、ただれ目、やに目、かすみ目など、目を患った男女が多い。以前の主流は寺社仏閣で香具師《やし》が売る呼びたて売薬であったが、得体の知れぬ紛い物ばかりで効果は期待できなかった。少しばかり値段は張っても信頼できる薬を求めて、患者たちは幕府の免状を掲げた御免薬の店頭売りへ流れはじめた。

そうした風潮が追い風となり、杏仁堂は身代を肥らせたのである。

鰻《うなぎ》登りの成長は驕りの温床ともなり得る。主人の与右衛門は店と同様、大狸なみに肥えたからだつきとなり、鼻持ちならない商人になりさがってしまった。

「与右衛門は月に一度、柳橋の茶屋を貸し切り、知りあいを招いて大盤振る舞いをしているとか。世の中は金だ、金さえありゃ誰も文句はいわねえ。役人だろうが留守居役だろうが、ほいほい尻尾を振ってくる。そんなふうに豪語しているって噂も、小耳に挟みやした」

「噂ではあるまい」

「そんな野郎のもとへ、みほは素姓を隠して奉公にあがった。その理由がどうしても知りてえ」

銀次の肩にはいつになく、余計な力がはいっている。

書物蔵での出来事を知らされたせいだろう。狙った獲物を逃さぬところから「すっぽん」の異名をもつ銀次でも、小此木監物がこの一件に関わっているかもしれぬと聞けば、腰が引けてしまうにきまっている。

岡っ引き風情にとって、年番方与力は雲上人も同然なのだ。

「銀次、まずは与右衛門だ」

「承知しておりやすよ」

目のまえの壁を突破せぬかぎり、道は拓けない。

相手は老練な商人、正面からぶつかっても躱《かわ》されることはわかっていた。

わかってはいても、正面突破をはかるというのが勘兵衛のやり方だ。

下手な小細工を弄《ろう》せずとも、膝つきあわせて会話を交わせば、真実と嘘を嗅ぎわけることはできる。さほど難しいことではない。この道一筋三十年、営々と培《つちか》った勘兵衛の洞察力は半端なものではなかった。

杏仁堂の敷居をまたぐと、奉公人どもがいっせいに振りむいた。

つい先日、住みこみで働いていた下女が殺されたのだ。ぴりぴりしていないほうがおかしい。

手代に取りついでもらうと、与右衛門はどこかへ外出するところだったらしく、暑苦しい紋付きを羽織り、不機嫌な顔であらわれた。

「臨時廻りの長尾勘兵衛だ。みほというおなごのことで聞きたいことがある。なあに、手間はとらせねえよ」

「へえ」

与右衛門はかしこまり、わざとらしく京訛りで応じた。

「何の御用でおましょう」

「みほを雇ったのは、いつごろだい」

「去年の暮れでおます。猫の手も借りたいときにひょっこり店先にあらわれましてなあ、詳しい素姓も聞かずに雇ったのどす」

「親兄弟は」

「なんでも、岩槻《いわつき》のほうに母と妹があるとかで、そちらへ仕送りをせなあかんようでしたけど、今にしておもえばほんまのことやったのかどうか」

「江戸での請人《うけにん》（保証人）は」

「おりまへん。奉公がきまったとき、手前が請人になりました」

「それで、おぬしがほとけを受けとったのか」

「えろう散財させられましたわ。お寺はんをお呼びして経をあげてもらい、骨にして埋葬するだけでも、ぎょうさん金が掛かりますよってになあ」

「半年の働きでは算盤に合わぬと言いたげだな」

「仰るとおりで」

「おぬしは半年しか働いておらぬ新参者に、百両の進物切手を預けたそうではないか」

「ほう、よくご存じで」

「なぜ、みほに高価な切手を預けたのだ」

「ふほほ、たかだか百両の切手ごとき、丁稚《でっち》小僧でも持たせますわ」

「たかだか百両ときたか、さすが大商人は言うことがちがう」

「まんがいち切手を無くしても、信用の無い者は使えまへん。すやから、誰に持たしてもよろしいのどす」

「最初からそう言え」

「お、そうや……みほに何で切手を預けたか、今やっと、おもいだしましたわ。手前どもの番頭が、こうがい橋の阿部播磨守さまにお使いがあると申したところ、みほがどうしても自分に行かせてほしいとせがんだのどす。しかも、播磨守さまのお使いがあったら、これからは自分に行かせてほしいと泣いてせがむので、番頭は訝《いぶか》しんでおりました」

「なるほど」

みほには、相良と逢うための口実が必要だった。ゆえに、笄橋への使いを渡りに船とおもったのだろう。ほかに理由があるとすれば、夫の霊を慰めるべく、夫が斬られた場所へ通いたかったにちがいない。

「もしや、旦那でおまっしゃろうか」

「ん、何がだ」

「みほは今際で、どなたかの御名を口走ったと聞いております。それが旦那とちゃうやろかとおもいましたもので」

「勘が良いな。みほとは女殺し坂で出逢ったのさ」

「女殺し坂」

「牛鳴坂のことだ」

「何やら、物騒な呼び名どすなあ」

「知らぬのか」

「知りまへん」

嘘だなと、勘兵衛は見抜いた。

与右衛門は坂の俗称を知っていながら、咄嗟《とっさ》に嘘を吐いたのだ。

――女殺し坂で女を殺す。

そうした腹積もりがあったのではないのかと、勘兵衛は疑った。

「みほが斬られた日も、播磨守さまのもとへ使いに出したのか」

「いいえ、使いに出したおぼえはおまへんなあ」

「なればなぜ、みほは牛鳴坂へむかったのだ」

「手前にお尋ねいただいても、応えようがおまへん」

みほは暗くなってから勝手に店を抜けだしたのだと、与右衛門は言いはる。

「何でそがいな阿呆をやったのか、かえすがえすも口惜しい。可哀相に、あんな淋しい場所へまいらねば、辻斬りに遭うこともなかったろうに」

同情するように見せかけながらも、与右衛門は焦れている。

そろそろ、退き時だ。

勘兵衛は、ころりと話題を変えた。

「進物切手だが、まさか、町奉行所の役人に進呈はしておらぬだろうな」

「仰るまでもおまへん。進物切手は贅沢品《ぜいたくひん》の一種、贅沢禁止のお触れに背けば、手前ばかりか、先さまにもご迷惑が掛かります」

これも嘘だなと、勘兵衛は看破した。

目を見れば、すぐにわかる。

お上も認める付け届けとは、盆暮れや身に難事が起こったときなどに、金馬代や金太刀代として贈呈される金のことだ。

金であって、金ではない。というのも、馬や太刀は戦場で使用する武具にほかならず、武士が貰っても恥ではなく、名誉に当たるものと都合良く解釈されるからだ。賄賂《まいない》とみなされぬため、ねだってもよい。相場は盆暮れ合わせて五十両だが、大店の商家になれば桁《けた》はちがってくる。

与右衛門はあくまでも否定するが、進物切手を不浄役人に贈答する程度のことは当たり前のようにおこなわれていた。

「さあて、そろそろよろしゅうおまっしゃろうか」

与右衛門は懐中から鮫革《さめがわ》の財布を取りだし、金ぴかの小判を一枚抜いた。

「どうぞ」

と、床を滑らす。

「ただの小判やおまへんで。純度八割、正真正銘の慶長《けいちょう》小判でおます。取っておきなはれ」

太鼓腹を突きだし、眦《まなじり》をだらしなくさげてみせる。

まるで、犬に餌を与えるかのごとき横柄な態度だ。

勘兵衛は目にも止まらぬ捷《はや》さで、背中の十手を引きぬいた。

「ふん」

怒りを込めて、十手の先端を小判に叩きつける。

鋭い金属音とともに、小判が床にめりこんだ。

亀裂のはいった床をみつめ、大狸は顎をがくがくさせている。

「びびりやがったな」

勘兵衛は、上目遣いに睨みつけた。

「こら、与右衛門。二度おなじことをやったら脳天を叩きわってやる、覚悟しとけ」

「ひぇっ」

あたまを抱える与右衛門をのこし、勘兵衛と銀次は杏仁堂をあとにした。

胸につかえたもやもやは吹きとんだが、われながら大人げないことをやったものだ。

「旦那、すっとしやしたぜ」

銀次は喜んでいる。

「あっしは今から大狸を張りこみやす。旦那は福乃湯の湯舟にでも浸かっててくだせえ。ついでに、三平に声を掛けていただけると助かりやす」

「よし、任せておけ」

勘兵衛は銀次と別れ、荒布橋とは反対側の親父橋へむかった。

河岸に吹きぬける風は心地よい。

身幅の狭い裾を捲りあげ、胸を張ってすすむ。

「さあて、与右衛門のやつがどう出るか」

閂《かんぬき》に差した大小の柄《つか》に、左袖をちょんと載せた。

からだつきは小太りだが、縞の着流しに黒の絽羽織《ろばおり》がよく似合う。

勘兵衛は鬢《びん》を風に震わせ、颯爽《さっそう》と親父橋を渡りはじめた。

八

与右衛門が動いたとの報せを受け、勘兵衛は腰をあげた。

すでに行き先はわかっている。

向島の『鵜飼亭』であった。

張りこみにあたった鯉四郎に命じられ、小者の三平が八丁堀まで飛んできた。

平日顔の三平はへっつい直しを装って小金を盗むこそ泥だったが、勘兵衛に縄を打たれて重敲《おもたた》きの刑を受け、銀次に預けられた。

辻宝引《つじほうび》きや金魚売りなどをやりながら、下っ引きの役目もそつなくこなす。

なかなか、重宝な男だ。

「銀次はどうした」

「へい、親分はひとあしさきにむかいやした」

勘兵衛は三平を伴って同心長屋を飛びだし、亀島町の舟寄せにむかった。

空はほんのりと青みを帯び、星が瞬いている。

堀端の道には町方同心の組屋敷が立ちならび、表店には提灯屋や傘屋なども見受けられた。

商家の軒を訪ねてあるくのは、賤《いや》しい風体の願人坊主である。

「おい」

背中に声を掛けると、願人坊主は逃げ腰になった。

「逃げるな、代待ちか」

「はい」

今宵は二十三夜、月の出は遅い。

真夜中の月に願掛けをすれば必ずかなうと、巷間《こうかん》では信じられている。

「おぬし、まだ若いな」

「三十にございます」

「どうして出家を」

「辻強盗に堕ちる根性もなし。正直に申せば、物乞い坊主のほかに食うあてがありませぬ」

「いくらだ」

「へ」

「代待ちの代金だよ」

「お気持ちだけで結構でござります……でも、まさか八丁堀の旦那が」

「十手持ちが代待ちを頼んじゃ、まずいのかい」

「いいえ、めったにないことなので」

勘兵衛は袖に手を突っこみ、一朱金を願人坊主に手渡してやった。

「そいつで月に祈ってくれ」

「何を祈ればよろしいので」

「平穏さ。お江戸に凶事が勃きねえことを祈ってくれや」

「かしこまりました」

子《ね》ノ刻までは、まだ二刻余りもある。

願人坊主は深々とお辞儀をし、あたまをあげようともしない。

勘兵衛と三平は、桟橋から猪牙《ちょき》に乗った。

低い空には眠ったような月がある。

舳先が静かに水脈《みお》を切りはじめた。

箱崎から大川へ躍りだしたあとは、ひたすら北へ遡上《そじょう》するだけだ。

両国橋、吾妻橋と通過し、水戸藩の広大な下屋敷を通りすぎれば、右手に三囲稲荷《みめぐりいなり》がみえてくる。

めざす『鵜飼亭』は、稲荷社の境内にあった。

雪見の名所なので、冬の昼間にいちど訪れたことがある。

綾乃と仁徳もいっしょで、そのときは鮟鱇《あんこう》と蜆《しじみ》料理を食べた。

あの味が忘れられぬと、仁徳は事に寄せては催促がましく洩らす。

味は折り紙付き、旬《しゅん》の魚を食わせるのだ。

「今時分は、鱸《すずき》か黒鯛《くろだい》あたりだな」

勘兵衛はひとりごち、涎《よだれ》を啜った。

昼餉《ひるげ》も値は張るが、夜ともなれば桁違いに値が跳ねあがる。

大名家の留守居役や大店の旦那衆が、接待のために使うのだ。

置屋《おきや》から芸者衆や幇間《ほうかん》が呼ばれ、客を選ぶ店になりかわる。

猪牙を降りて土手をあがると、軒提灯の炎が点々としていた。

舟上でひとことも洩らさずにいた三平が、掠《かす》れた声を発する。

「旦那、あすこでさあ」

「ふむ」

薄暗い社の境内に連なる提灯が、黄泉路《よみじ》へつづく回廊のようにみえた。

与右衛門も接待相手も、大川を遡上してきたにちがいない。

舟寄せには、お忍びの客を送迎する屋根船が泊まっていた。

花川戸か蔵前か柳橋かは知らぬが、対岸の舟寄せには法仙寺駕籠が待っていることだろう。

暗闇を慎重にすすむと、提灯の途切れた木陰から大きな人影が近づいてきた。

「鯉四郎か」

「は」

「どうだ」

「四半刻ほどまえ、角頭巾をかぶった侍がふたり、相前後してあらわれました」

いずれも、与右衛門がわざわざ玄関の式台で出迎えたらしい。

「角頭巾の正体は」

「最初にあらわれたお方は見当がつきました。長尾さまが仰ったとおり、年番方与力の小此木監物さまにござります」

「ほっ、そうか」

勘兵衛はにんまり笑った。

「もうひとりは強面《こわもて》の伴侍をひとり連れておりました。今、銀次が正体を探っております」

そこへ、ひたひたと跫音が聞こえてきた。

銀次である。

にやけた皺《しわ》顔から推せば、相手の素姓がわかったのだろう。

「どうであった」

「へへ、板場の追いまわしに知った顔がおりやしてね、そいつの腿を抓《つね》って聞きだしたんでさあ」

「さすが銀次、江戸じゅうに顔見知りがおるらしい。で、どこのどいつだ」

「勘定組頭の戸《と》澤《ざわ》主馬《しゅめ》さまでやす」

噂には聞いたことがある。

駿河台に五百坪の屋敷を構える大身旗本で、切れ者と評判の人物だ。

人となりは知らぬが、目薬屋の接待に乗るようでは悪党にきまっている。

「どうやら、今宵がはじめてじゃねえらしいんで。勘定組頭は馬面の大食漢だそうですよ」

「ふうん」

「鯰顔の与力に馬面の勘定組頭、そいつらを接待するのが大狸の目薬屋ときたもんだ。これで役者が揃ったってわけかい。いってえ、どんな悪巧みを相談してんのか、興味津々だな、こりゃ」

鯉四郎が銀次の脇から顔を出し、ぽろりとこぼした。

「勘定組頭の伴侍がちと気になりますな」

「なぜ」

「浪人者のようでした」

「浪人者」

「痩身《そうしん》で手足の長い男です。深編笠をかぶっていたので、顔つきまではわかりませぬが」

「深編笠だと」

「はい」

「怪しいな」

勘兵衛は顎を撫《な》でまわした。

「銀次、三平に跟《つ》けさせてくれ」

「合点でさ」

それから一刻半ばかり、月が空高く昇るころまで、三平が浪人者を跟ける機会は訪れなかった。

九

翌夕、勘兵衛は霊巌島の新川河岸にある『浮瀬《うかむせ》』へ出向いた。

綾乃には言わずにいるが、三日にあげずに通っている行きつけの居酒屋である。

酒と肴《さかな》も美味い。しかし、客の目当ては何といっても、細腕一本で店を切り盛りしている女将《おかみ》だった。

女将のおふうは三十代のなかば、色白でふっくらしており、長い睫毛を瞬く様子に何ともいえない色気がある。悲しいときは泣き、腹の立ったときは真剣に怒る。可愛い仕種で甘えるかとおもえば、ぷいとそっぽをむく。気まぐれな風のように、客のあいだを吹きぬける。

六年前、亭主に死なれ、悩んだあげくに居酒屋をたたもうとしたことがあった。そのとき、相談を受けた勘兵衛は「身を捨ててこそ浮む瀬もあれ」という座右の銘を披露した。それがおふうの琴線《きんせん》に触れ、新たな店名になった。

うかむせとは、七合五勺ぶんの酒で盈《み》たした大杯のことでもある。

それだけの量を呑んでも、けっして店では暴れぬこと、管を巻かぬこと、喧嘩はしないこと。店名には「酒は呑んでも呑まれるな」という訓戒が籠められていた。

宵の口だが、店内は常連客で賑わっている。

おこまという可愛らしい手伝いの娘が客のあいだを行き交いながら、さかんに愛想を振りまいていた。

おふうは勘兵衛と差しむかい、小首をかたむける。

「旦那、おひとつどうぞ」

「お、すまぬ」

盃に口をつけるのが、至福の瞬間であった。

おふうは微笑みながら、勘兵衛の唇をみつめている。

「ほんと、旦那は美味しそうに呑みなさる」

「そりゃ、おふうの酌だからな」

「まあ、お世辞でも嬉しいですよう」

「おれが世辞の言える器用な男にみえるか」

「本気なの」

「あたりまえだろ」

「だったら、お嫁さんにしてくださいな」

「ん」

唐突に言われ、あたまが真っ白になった。

「うふふ、冗談ですよう」

おふうはさらりと躱し、別の客席に流れていく。

勘兵衛は、冗談と受けとらなかった。

芯から嬉しい。

が、一線を越える決断はつかない。

綾乃のこともある。

逃げられた妻の静にも未練があった。

仁徳は「いいかげんにあきらめろ」と、いつも言う。

自分でもそうすべきだとおもいつつ、踏みこめない。

——おふう、いっしょになってくれ。

ひとこと、そう言えば済むはなしだ。

「くそっ、はっきりせん男だな」

勘兵衛は拳骨《げんこつ》をつくり、自分のあたまを撲《なぐ》りたくなった。

「長尾の旦那、よろしゅうおますか」

おふうの替わりに、こんどはおこまがやってきた。

「女殺し坂やなんて、物騒な呼び名どすなあ」

「誰に聞いた」

「女将はんどす」

年は十七、おこまは京の島原遊郭から足抜けしてきたところを、勘兵衛に助けられた。丹波の貧農に生まれ、十四で女衒《ぜげん》に売られた娘だ。請けだしてやると大口を叩いた江戸店の若旦那を信じ、東海道を何ヶ月もかけてくだってきた。

今は墓守《はかもり》の雁次郎《がんじろう》といっしょになり、葺屋町の貧乏長屋で暮らしている。

雁次郎は吉原の四郎兵衛会所に雇われていた元鉄棒引《かなぼうびき》、寡黙で腕っぷしが滅法強い男だった。むかし、とある吉原遊女の足抜けを手伝い、四郎兵衛会所の掟にしたがって右目と右腕を失った。そののち、遊女の投げこみ寺として有名な土手の道哲《どうてつ》（西方寺《さいほうじ》）の墓守になったのだ。

勘兵衛はおこまの請人になり、雁次郎と結びつけ、ふたりに住む場所も紹介した。おふうの店で働くように勧めたのも、勘兵衛であった。

「おぬし、京訛りが抜けぬなあ」

「これでも江戸弁を喋ろうと、努力しておます」

「ふふ、まあよい、焦らぬことだ」

「旦那、さっきのおはなしどすけど、女殺し坂で亡くなりはったおなごはん、どないなおひとやったん」

「なぜ、聞く」

「杏仁堂はんにおらはったお方やと聞いて」

「そう言えば、杏仁堂の奉公人たちも京訛りで喋るのだったな」

「へえ、なんとのう懐かしゅうて」

暇をみつけては、店を素見《ひやかし》に行くらしい。

「すやけど、丁稚どんに叱られたのどす」

「ほう」

「杏仁堂はんはもうすぐ、法眼《ほうげん》さまの御墨付きを頂戴する、名実ともに金看板を掲げるのや。すやから、銭のない貧乏人に店先をうろつかれたら、店の格にも関わるさかい、二度と顔をみせぬようにと」

「法眼の御墨付きか」

勘兵衛は盃を置き、眸子を細めた。

と、そこへ、銀次が暖簾を振りわけてあらわれる。

「へへ、旦那、おもしれえことがわかりやしたぜ」

「おう、ここに座れ」

銀次が隣に座ると、おこまは気を利かせて離れていった。

おふうが酒肴を携えてあらわれ、かたちばかりの挨拶をする。

「あら、親分さん、すっかりお見限りでしたこと」

「けっ、あいかわらず冷てえなあ。女将にゃどうも好かれてねえらしい」

「だって、親分さんのあたまには、お役目のことしかないんだもの。お店にいらしたときはいっつも、あたしから旦那を取っちまうでしょ」

「それが嫌われる理由かい。ごちそうさまだな、こりゃ」

「うふふ、ごゆっくり」

おふうが一杯だけ注いで居なくなると、さっそく銀次は切りだした。

「潮田源八郎が勘定所で任されてたお役目、そいつがわかりやしたぜ」

「ふむ、聞こうか」

「冥加金《みょうがきん》の徴収でやす」

「ほう」

農民に年貢があるように、商人は毎年運上金をお上へ納めなければならない。ただし、運上金以外にも、酒造冥加、油絞冥加、呉服冥加、太物冥加、紺屋《こうや》冥加、質屋冥加、旅籠《はたご》冥加といった職種別の冥加金が徴収された。売上などに一定の税率を掛けて算出される。江戸、大坂、京を除く幕府直轄領は代官が徴税の役目を負うが、三都においては業種仲間ごとに肝煎りがとりまとめ、勘定所の勘定方が監査するという仕組みになっている。

商人からのこうした税の二重取りは、逼迫《ひっぱく》する幕府財政の立て直しをはかる窮余の一策であったが、当然ながら反撥《はんぱつ》を招き、一部の大商人たちはせめて冥加金だけでも少な目に納める方策をあれこれと練っていた。たとえば、本来納めるべき税を減じてもらって賄賂に当て、本業での利権を得るといった一挙両得を狙ったりもした。

杏仁堂の与右衛門が肝煎りを務める薬種問屋仲間にも、目薬冥加というものがあった。冥加金を逃れようと画策したことは想像に難くない。

「潮田さまは、杏仁堂の冥加金逃れを調べておられたんじゃありやせんかねえ」

と、銀次が言った。

冥加金逃れが発覚すれば、軽くて闕所《けっしょ》、重いときは遠島の沙汰を下される。

「そいつを隠すためには、何だってやるだろうな」

「殺しでも」

「無論だ」

悪党どもの狙いが、徐々に輪郭をみせてきた。

銀次が、ぐっと顔をちかづけてくる。

「もうひとつありやす。三平のやつが例の深編笠の浪人者を跟けたところ、妙なところへ行きつきやしてね」

「ほう」

浪人者は駿河台の戸澤主馬邸まで随伴したのち、そこから踵《きびす》をかえし、まっすぐ西へむかった。

「行きついたさきは麴町《こうじまち》の四谷御門外、鷲山宗俊《わしやまそうしゅん》さまの御屋敷でした」

「鷲山宗俊といえば奥医師か」

「へい、奥医師んなかでも最高位の法眼でごぜえやすよ」

「法眼か、なるほど」

浪人者は、門の潜り戸からむこうへ消えた。

「おおかた、法眼に飼われた番犬にちげえねえ」

「銀次、法眼の御墨付きってのを知っておるか」

「何ですか、そりゃ」

「おこまに聞いたのさ。与右衛門が奉公人たちを煽《あお》ったときに吐いた台詞らしい。杏仁堂は法眼御用達の金看板を背負うことになっておったのよ」

　薬種を取りあつかう商人なら誰でも、法眼の御墨付きは咽喉から手が出るほど欲しいにきまっている。

「手に入れるためには、金に糸目をつけぬはずだ」

「与右衛門は冥加金逃れで貯めた金を使い、御墨付きを手に入れようとしやがった。ひょっとすると、勘定組頭は法眼との橋渡し役かもしれねえな」

「まちがいあるまい。潮田源八郎はそのことに勘づき、証しを集めはじめた。しかし、志なかばで消されたのだ」

「旦那、そう考えれば、妻女のみほが杏仁堂を探ろうとしたことも説明はつきやす。鯰野郎の小此木はすべてを承知のうえで、潮田殺しを黙認したにちげえねえ。殺しのあった日の記録も、きっとあの野郎が破りすてたんだ」

　銀次の言うとおりだろう。

　年番方与力の小此木監物は、悪事を露顕させないための防ぎ役なのだ。

「旦那、相良さまとみほを殺めたのも、おんなじやつでしょうかね」

「おそらくな。だが、もう少し調べてみる必要はある」

　どっちにしろ、相手はかなり手強い。

下手に手を出せば、こちらが潰されかねなかった。

勘兵衛は酒を呷り、暖簾のほうをみた。

若い同心が、夜風とともに迷いこんでくる。

「あら、下戸の旦那」

と、おふうが叫んだ。

肩を怒らせながらやってきたのは、鯉四郎である。

「どうした」

「殺しです」

「まさか、女殺し坂じゃねえだろうなあ」

「そのまさかです。背中を一刀のもとにばっさり、殺されたのは巳吉《みきち》とかいう巾着切だそうです」

「巾着切だと」

勘兵衛は宙をみつめ、記憶の糸を手繰りよせた。

十

気づいてみれば、町木戸の閉まる亥ノ刻をまわっていた。

月は朧《おぼろ》にかすみ、川のほうから櫓《ろ》を漕ぐ音だけが聞こえてくる。

「おしゃか、おしゃか……おしゃかはいらんかあ」

季節はずれの仏像売りが、縁起でもない文句を大声で張りあげている。

おおかた、門付けを生業にする物乞いの願人坊主であろう。

勘兵衛は鯉四郎や銀次と別れ、名残惜しそうなおふうの面影を引きずりながら「千鳥足通り」などと称される新川沿いの道を歩みはじめた。

「またひとり、おしゃかになったか」

女殺し坂で、四人目の死人が出た。

もはや、呪われているとしか言いようがないと、地元の連中は脅えているらしい。

今のところ確かめようはないものの、殺された巾着切はみほの懐中から畳紙を盗んだ男にまず、まちがいなかろう。

勘兵衛の脳裏には、深編笠をかぶった下手人の風貌までが浮かんでいた。

眸子の落ちくぼんだ髑髏《どくろ》顔。それは双眸の奥に残忍な光を宿した死神にほかならない。

それにしても、なぜ、巳吉とかいう巾着切までが殺されねばならなかったのか。

しかも、女殺し坂で殺されたということは、用事があってわざわざ出向いたか、誰かに誘われたかのいずれかだ。

――なぜ。

答を探しあぐねていると、あたまがずきずき疼《うず》いてきた。

「けっこう、呑んじまったな」

おふうに「お嫁さんにしてくださいな」などと言われたせいだ。

小躍りしたくなるほど嬉しいのだが、やはり、踏んぎりはつかない。

酔えば酔うほど、二十年前に逃げられた静の面影が生々しく甦ってきた。

憂いをふくんだ眼差しが、暗い空から悲しげにみつめているのだ。

「阿呆、忘れちまえ」

仁徳に意見されるまでもない。自分でもおかしいとおもう。

「一刻も早く、忘れちまえ」

毎晩、おなじように自分を叱り、それでも、露地裏の闇に静の面影を探している。

蒟蒻島と呼ぶ霊巌島を東西に分断する新川は、河岸に並ぶ酒蔵へ酒樽を納める川筋でもある。この時刻になっても、艫《とも》灯りを点《つ》けた荷船や艀《はしけ》が行き交っていた。

河岸の北側、四日市町や塩町の小便臭い露地裏は、赤提灯や青提灯を提げた居酒屋でぎっしり埋めつくされ、それが大神宮の鬱蒼とした杜《もり》のそばまでつづいている。

勘兵衛はいつも鳥居の外で手を合わせ、何事かを願ってから、一ノ橋を渡ることにしていた。一ノ橋を渡って富島町を突っきり、さらに亀島橋を西に渡れば、八丁堀の同心長屋は目と鼻のさきだ。

酔ったあたまで願った中身は、いつも、橋をふたつ渡るころには忘れている。

それどころか、拝んだそばから忘れてしまうこともあった。

「静よ……もどってきてくれ」

そんなふうに呟《つぶや》き、勘兵衛ははっとして目をあけた。

突如、背後に殺気が膨らみ、毛穴から汗が吹きだしてきた。

いつもの酒量ならば、もっと早く察知できたかもしれない。

しかし、今宵ばかりは、得体の知れぬ者の気配にぎりぎりまで気づけなかった。

「ぬわっ」

首を捻《ひね》った刹那《せつな》、刃風《はかぜ》が唸《うな》りをあげた。

背中に焼けつくような衝撃が走り、がくっと膝が抜けおちる。

斬られたなと、おもった。

酒が全身にまわっているせいか、さほど痛みは感じない。

だが、肩口から袈裟懸けに斬られたことはたしかだった。

からだじゅうの血が、どんどん奪われてゆくのがわかる。

手足の先端が痺《しび》れ、色を失ってゆく。魚の腹のようだ。

死ぬのか、おれは死ぬのか。

樹液を搾りだした枯木が、瞼の裏に浮かんできた。

あんなふうには、なりたくない。

恐怖が咽喉もとまで迫りあがり、顎が震えだす。

「ふん、鼠《ねずみ》め」

何者かが、ぺっと痰《たん》を吐いた。

野太い声のするほうを、必死に睨みつける。

深編笠をかぶった浪人者が、悄然《しょうぜん》と佇んでいた。

やたらに手足の長い男だ。

血の滴る刀を右手に握り、こちらを見下ろしている。

「歯ごたえのない鼠だな」

「おぬし……な、名は」

「ほほう、その金瘡でよう喋りよる」

「名を……お、教えろ」

「されば、冥途《めいど》の土産に教えてやろう。わしは草鹿十内《くさかじゅうない》、自分で言うのも何だが、馬庭《まにわ》念《ねん》流の練達よ」

「法眼の……い、犬め」

「犬ではない。わしは食客《しょっかく》じゃ」

「お、おなじこと」

金と引換に魂を売り、平気で人斬りをやる。食客だろうが何だろうが、外道《げどう》以外の何者でもない。

「ああ、そうじゃ。世の中は金、金は人の命より重い。それが外道の信条でな。わしだけではないぞ。目薬屋や勘定組頭は言うにおよばず、法眼さまとて金がすべてと仰せになったわ。おっと、鯰顔の与力を忘れてはならぬ。小此木 某《なにがし》と申したか、あやつこそ、金を得んがために捕り方の魂を売った男よ。人の命なぞ、鼻糞ほどにもおもうておらぬ。それを証拠に……くふふ、鼠を一匹始末してこいとほざいたわ」

「下司《げす》野郎め」

「わしか、それとも、小此木か」

「両方だ」

「ふふ、力むな、傷口が開くぞ」

「最後に……ひ、ひとつだけ、教えてくれ」

「まだあるのか」

「女を殺したのは……お、おぬしか」

「いいや、わしが殺《や》ったのは男どもだけだ。女も殺るはずであったが、誰かが手間を省いてくれた」

「なに」

誰なのだ。

薄れゆく意識のなかで考えた。

この男でないとすれば、みほを殺めたのは誰なのだ。

「もう、何も聞くな」

草鹿は刀を握った右手で、深編笠をかたむけた。

落ちくぼんだ眸子に瘦《こ》けた頰、まさしく、思い描いたとおりの顔だ。

「わしが死神にみえるか」

蜥蜴《とかげ》のような赤い眸子が、膿《う》んだように爛《ただ》れている。

草鹿は左手に紅絹袋を握り、馴れた仕種で瞼を拭った。

「人を斬りだしたら一睡もできぬようになってのう。気づいてみたらこのざまよ。ふっ、杏仁堂の目洗薬が手放せぬようになったのだわ。おぬしもあの世に逝ったら、使ってみるがよい……さて、喋りは仕舞いじゃ」

草鹿は編笠をはぐりとり、刀の切先で尻を掻《か》くほどに振りかぶった。

「はあ……っ」

無情の刃が、憤然と振りおろされる。

闇が揺らぎ、勘兵衛の頭蓋はまっぷたつに割けた。

と、おもいきや、剛刀の先端は地面を叩いた。

土塊《つちくれ》が飛び、草鹿は眸子を閉じる。

「うくっ」

勘兵衛は、とどめの一撃を躱していた。

躱すどころか、逆しまに脇差を抜きはなち、

「ふん」

気合一声、切先を突きあげた。

「ぐひぇっ」

渾身《こんしん》の力で繰りだされた刃は、ずぼっと鳩尾《みぞおち》に刺さった。

根元まで深くねじこむと、鋭利な先端が背中を破って突きだした。

「ぐふおっ」

草鹿は血を吐いた。

白目を剥き、顔面から落ちてゆく。

勘兵衛は、夥《おびただ》しい返り血を浴びた。

「う……ぬう」

血達磨《ちだるま》になりながら、道端まで這《は》いずってゆく。

咽喉が渇いて仕方ない。焼けるようだ。

「水……み、水をくれ」

雑草の葉を嘗め、夜露を啜った。

「誰か……誰か」

叫ぼうとしても、声が出てこない。

周囲は闇に閉ざされ、人影もなかった。

今時分に河岸を彷徨いているのは、千鳥足の酔っぱらいか、腹を空かした野良犬くらいのものだろう。

　斬られた背中の感覚はない。

　手足が冷たくなってきた。

　保《も》っても、あと小半刻か。

　それまでに、誰かがみつけてくれることを願った。

「静、静よ……ど、どこにおる」

　深編笠が川風に飛ばされ、土手下へ転がってゆく。

　勘兵衛の意識は、奈落の底に呑みこまれていった。

十一

　三日後、早朝。

　雀の鳴き声で目を醒ました。

「お、気づきおったぞ」

　まっさきに、仁徳の声が耳に飛びこんできた。

　たたたと、綾乃が廊下を駈けてくる。

枕許には、泣き腫《は》らした目の女が座っていた。

「おふうか」

「はい」

「なぜ、ここにおる」

部屋へはいってきた綾乃が、横から口を挟んだ。

「父上、女将さんが助けてくだすったのですよ」

「そ、そうか……すまなんだな、おふう」

「いいえ」

おふうは首を振り、布切れで目頭を押さえた。

ほんとうは、勘兵衛に抱きつきたいのだろう。

が、綾乃に遠慮している素振りが垣間見えた。

「わたしなんぞより、名も知らぬお坊さまに感謝しなくちゃなりません」

「名も知らぬ坊主とは」

気を失った勘兵衛を最初にみつけたのは、物乞いの願人坊主であった。

「お若いお坊さまが急いで報せてくれたのですよ。二十三夜待ちの宵、旦那から施しを受けた者だと仰いましてね」

一朱金で代待ちを頼んだ願人坊主にまちがいなかった。

「他人様には親切にしておくものじゃな、ぬほほ」

と、仁徳が笑った。

勘兵衛は褥《しとね》に右腕をつき、上半身を起こそうとした。

「う」

背中に強烈な痛みが走る。

すかさず、おふうと綾乃が手を差しのべた。

綾乃のほうが一瞬早く、おふうは決まり悪そうに手を引っこめる。

「父上、ご無理をなされますな」

慈愛の籠もった声音には、わずかに棘《とげ》がふくまれていた。

「わたし、そろそろ失礼いたします」

おふうがぺこりとお辞儀をし、その場から立ちさってゆく。

誰も止めようとはしない。勘兵衛は、ごくっと唾を呑んだ。

綾乃は顔色も変えずに腰をあげ、おふうを見送りにむかう。

こほっと、仁徳が咳払いを放った。

「あれが浮瀬の女将か。渋皮の剝けた良いおなごじゃのう。まあ、おぬしが惚れるのも無理はなかろう。むこうとてまんざらでもなさそうじゃったが、綾乃に気取られてしもうたわ。ま、詮方あるまい。綾乃も二十歳、充分に大人じゃ。おぬしの気持ちもわかってくれよう」

「あの」

「なんじゃ」

「手前勝手にはなしをつくらぬように」

「わしがはなしをつくっておると抜かすのか。このぼんくらめが」

「惚れた腫れたのはなしをしておるときではござらぬ」

「ふむ、言われてみればそうであったな」

「金瘡の程度は」

「おぬしは強運じゃぞ。咄嗟に避けたのが功を奏したのであろう。筋も骨も無事であったわ。ただし、肩口の金瘡は深い、運良く左肩じゃったがな」

なるほど、左腕はぴくりとも動かない。

「右手はどうじゃ、ほれ」

仁徳は箸を持たせてくれた。

操ってみると、上手に使いこなせる。

これなら、十手も扱えよう。

「よし」

仁徳がにっこり笑う。

勘兵衛は、ふと、刀掛けに目を遣った。

大刀とともに、脇差がちゃんとある。

草鹿十内の腹から、誰かが引きぬいてくれたのだ。

仁徳はそれと察し、敢えて明るい口調でつづけた。

「辻斬りの獲物に十手持ちを選ぶとは、莫迦な男じゃ」

「辻斬りではありませんよ」

「ふうん、そうなのか」

「あやつは死んだのですな」

「死んださ。無縁仏として葬られた」

「さようでしたか」

「痛むか」

「少し」

「阿呆、刀の金瘡ではない。心の傷じゃ。詮無きこととは申せ、おぬしは人を刺したのだからな」

痛まぬといえば嘘になる。

だが、傷を癒している暇はない。

綾乃が見送りからもどってきた。

「父上、ついさきほど、門倉《かどくら》さまがお見舞いに見えられたのですよ。おことづけをあずかっております」

「ん」

門倉角左衛門《かくざえもん》は「鬼与力」の異名をもつ吟味方与力、見掛けは仁王のようで口調も突《つ》っ慳貪《けんどん》だが、与力のなかでは唯一、勘兵衛の意見に耳を貸してくれる。根岸肥前守秘蔵の内与力から吟味方へまわされた遣り手だけに、奉行所内では敵も多い。

「門倉さまは何と仰せだ」

「ただひとこと、深入りするな。そう伝えてほしいと仰いました」

門倉は奉行の根岸に命じられてやってきたのであろう。

となれば、根岸も悪事の大筋をつかんでいることになりやしないか。

法眼や勘定組頭もさりながら、年番方与力の小此木までが悪事に関わっていると知り、このたびの一件を安易に裁けば、あまりに影響が大きいと判断したにちがいない。

だから、深入りを避け、静観を決めこもうというのか。

正義を尊ぶ根岸の命ともおもえなかった。

「納得できぬ」

勘兵衛は痛みを怺え、褥から這いあがった。

「おいおい、無理をするな」

さすがの仁徳も、呆れかえっている。

「父上」

綾乃が肩を支えようと、駆けよってきた。

それを手で払いのけ、勘兵衛はふらつきながらも自力で廊下まで歩をすすめた。

半日もすれば、足腰は何とかなりそうだ。

「あと三日は安静にしておれ」

仁徳が厳しいことばを投げかけてくる。

「傷口はふさぎきっておらぬのだぞ」

「そうも言っておられぬ」

「与力どのの気遣いを無視するのか。こめかみの血管を浮きたたせおって、おぬしらしくもないぞ。まるで、十手を授かったばかりの小僧っ子とおなじではないか」

仁徳は敵を知らぬ。だが、独特の勘で敵の強大さを察知していた。

「やめておけ、君子は危うきに近寄らずじゃ。うぽっぽはうぽっぽ、のほほんと構えておればよい」

そうはいかぬ。誰に何と言われようとも、男には樹《た》たねばならぬときがある。

「仁徳どの、この機を逃せば悔いがのこる」

「ふん、悔いじゃと、その年でか」

年なぞ、どうでもよい。

悔いをのこして死にたくないだけだ。

人ならば、誰でもそうおもうにきまっている。

こうなったら、十手を返上する覚悟で悪党どもを断罪せねばなるまい。

「うぽっぽ、鯉四郎を巻きこむなよ」

「承知してござる」

「ならば勝手にせい。わしが骨を拾ってやる」

勘兵衛は軽く頷き、朝焼けに染まった庭をみつめた。

部屋の片隅では、綾乃が声もあげずに泣いている。

仁徳は勝手場へむかい、酒肴の仕度をはじめた。

勝負は今夜、おもいたったが吉日、明日になれば気が変わってしまうかもしれぬ。

「よし、一気に決着をつけてやる」

おおよその算段は、あたまにあった。

あとは、まともにからだが動くかどうかだ。

十二

戌《いぬ》の五つ、眉よりも細い月が川面に揺れている。

獲物は餌に食いついた。

勘定組頭の戸澤主馬は駿河台から蔵前大路の北端まで、駕籠に揺られてやってきた。そして、いつもどおり、桟橋に駕籠と伴侍ふたりをのこし、御米蔵脇の御厩《おうまや》河岸《がし》の渡しから、あらかじめ待機させておいた屋根船に乗った。

乗りこむ客は戸澤ひとり、川を斜に突っきれば、三囲稲荷の境内にある『鵜飼亭』は目と鼻のさきだ。

船上には老《お》い耄《ぼ》れの船頭がひとりいるだけ、二刀を腰に差した戸澤は何の心配もしていない。心配するどころか、戸澤は東軍流の師範をやったこともある剣客らしく、技倆に並々ならぬ自信をもっていた。

なるほど、動じる素振りもみせず、障子を開けて水の月を愛でるなどしている。

だが、後方に吾妻橋が遠ざかってみえなくなったあたりで、わずかに眉間を曇らせた。

「おい、船頭」

「へえい」

「舟足が止まったようじゃが、いかがした」

「棹《さお》が流れちめえやした」

「なに、棹が」

戸澤は腰をあげ、障子で立てまわした小部屋から身を乗りだした。

船首にいるはずの船頭がいない。

「船頭、どこにおる」

不安げに叫び、屋根から馬面を差しだした。

「へい、ここですよ」

艫のほうから声が聞こえた。

振りむいた刹那、棹が屋根を掠めて撓《しな》りながら飛んできた。

「ぬわっ」

戸澤は鼻面を叩かれ、ぶっと鼻血を噴いた。

「ふえええ」

舟縁《ふなべり》で海老反りになり、川へ落ちてゆく。

水飛沫《しぶき》が立ち、舷《ふなばた》が離れた。

「ぷはあ」

戸澤は藻《も》掻《が》きながら、馬面を水面に突きだす。

底は深い。なにせ、隅田川のまんなかだ。

落ちてみると、流れはけっこう夙《はや》い。

着物が邪魔らしく、立ち泳ぎもできない。

舟縁には、頬被りの船頭が屈《かが》んでいた。

細長い棹を握り、双眸を光らせている。

「た、助けてくれ……ふ、舟を、舟を寄せろ」

「それはできぬ相談だ」

「なにっ」

「腰の二刀が錘《おもり》の役目を果たしてござる。捨てなされ、少しは楽になる」

「嫌じゃ……こ、これは、大枚叩《はた》いて買った業物」

「されば、業物ともども沈むがよい」

「うへっ、ごぼごぼ」

戸澤はいったん沈み、また浮きあがってきた。

「刀を……す、捨てたぞ」

「それはそれは、殊勝なことで」

川開きは明日、今夜の隅田川はしんとしている。

周囲を眺めても、涼み舟は一艘《そう》も見当たらない。

渡し舟の経路からも、微妙に外れていた。

「おい……た、助けてくれ」

「だから、それはできぬのよ」

船頭は棹を釣り竿のように翳し、戸澤の月代《さかやき》を叩きはじめた。

「うわっ、やめろ、何をする、ごぼっ……わしを誰だと心得る、ごぼごぼ」

戸澤は沈み、浮きあがった途端、棹で月代を叩かれた。

手足をばたつかせれば、いたずらに体力は消耗していく。

船頭は頰被りを取った。

勘兵衛である。

戸澤が溺《おぼ》れかけているとみて、棹の先端を突きだした。

「ほれ、命棹だ、握るがよい」

命じられたとおり、戸澤は棹を握った。

もはや、握るだけの力しか残されていない。

息継ぎすらも、上手にできぬ様子だ。

「尋ねることに応えよ。正直に応えれば助けてやってもよい」

「わ、わかった」

「おぬし、杏仁堂の冥加金逃れを黙認しおったな」

「お、おう、見過ごしてやったわ」

「見返りにいくら貰った」

「千両かそこいらだ……お、おぼえておらぬわ」

「鶯山法眼の御墨付きを貰うのに、いくら掛かる」

「五百両じゃ」

「おぬしは杏仁堂との橋渡しをやったな」

「そうじゃ。んなことは、たいしたことではなかろうが」

「ほう、たいしたことではないか。されば、殺しはどうだ。おぬしは配下の潮田源八郎から、杏仁堂による冥加金逃れの訴えを受けた。生真面目な潮田が金や脅しで取りこめぬとみてとるや、草鹿十内をつかって殺害させた。そうであろう」

「それがどうした。勘定方のひとりやふたり……は、早う助けよ。助けてくれたら五両、いや、十両やる」

「みみっちいのう。おぬしは鷲山法眼とも計らい、配下の潮田と役人の相良潤之介を亡き者にした。そうだな」

「そうじゃと言うておろうが」

戸澤は体力を恢復《かいふく》したのか、口調に余裕が感じられた。

「喋ったぞ。さ、早う棹を引っぱれ。十両くれてやるぞ」

戸澤は棹を握り、ぐぐっと引きよせた。

その瞬間、勘兵衛は棹を手放した。

「うわっ……な、何をいたす」

飛沫をあげて暴れまくる戸澤を尻目に、勘兵衛は舟底から別の棹を取りあげた。

「もう一本あるのよ」

棹を撓らせ、勘定組頭の月代をべしっ、べしっと叩きつづける。

戸澤はたまらず川に沈み、浮きあがってはまた沈んでいった。

消耗しきったところで、ふたたび、勘兵衛は棹を握らせてやった。

「まだ終わりではないぞ。草鹿に巾着切を斬らせたであろう、なぜだ」

「それは」

戸澤は紫色の唇もとを震えさせながらも、何とか喋りきった。

芒種《ぼうしゅ》のころ、杏仁堂の与右衛門は、みほに法眼の御墨付きを盗まれたのだという。

ところが、みほは後日、巾着切の巳吉に畳紙をすられてしまった。

畳紙のなかには進物切手のほかに、みほが盗んだ法眼の御墨付きがはいっていたのだ。

無論、紙面には鷲山法眼と杏仁堂の名が記されてあった。

巳吉はその御墨付きをもって、杏仁堂に強請《ゆすり》を仕掛けたのである。

御墨付きを返してほしくば、五百両用意せよと吹っかけたらしい。

「強請を仕掛けられたのは、いつのはなしだ」

「二十三日の朝じゃった」

善後策を練るために、その夜、戸澤たちは『鵜飼亭』に集まった。

戸澤たちが集まったことは、勘兵衛たちも直にたしかめている。

おそらく、そのとき、巳吉の謀殺は決まったのだろう。

一方、御墨付きが盗まれた時点から、みほは疑いを掛けられており、頻繁に連絡《つなぎ》を取りあっていた相良ともども監視されていた。

　つまりは、泳がされていたのだ。

　悪党どもにしてみれば、巾着切の登場は寝耳に水のような出来事だったが、いずれにしろ、消さねばならぬ相手であることに変わりはなかった。潮田も相良もみほも、そして巳吉も、連中にしてみれば死なねばならぬ相手だった。

　ところが、みほだけは、悪党どもが手を汚すまでもなかったという。

「誰が殺した」

「知らぬわい」

「嘘を吐くな」

「ここまで喋っておいて……嘘を吐くか」

　それもそうだ。勘定組頭の訴えは信じてもよかろう。

　勘兵衛は、最後の問いを繰りだした。

「与力の小此木監物は、すべてを知っておったのか」

「あたりまえだ。あやつも一蓮托生《いちれんたくしょう》よ」

「ようわかった。ご苦労であったな」

「さあ、助けろ……棹じゃ、棹を引け」

戸澤は、必死に棹を手繰りよせようとする。

「さらば」

勘兵衛はまたもや、棹を手放した。

「おわっ、やめろ……ごぼっ、ごぼごぼ」

戸澤は飛沫をあげてばたつき、川に沈んだ。

そして、浮きあがっては、また沈んでゆく。

何度か浮き沈みを繰りかえし、二度と浮きあがってこなくなった。

川面はしんと静まりかえっている。

棹だけがぷっかり浮かび、下流へ流されていった。

勘兵衛は舟底から三本目の棹を取りあげ、ぎゅっと握りしめた。

小悪は赦《ゆる》すが、巨悪は斬る。

こんどばかりは容赦しない。

「あと三人」

鬼の形相で呟いた。

十三

対岸の船寄せでは、銀次が待っていた。

杏仁堂の使いになりすまして勘定組頭を呼びよせたのも、勘定組頭からの呼びだしと偽って与右衛門と小此木を『鶏飼亭』へ呼びつけたのも、銀次のやったことだ。

「手間を掛けさせて、すまなんだな」

「何を仰いますやら。あっしは旦那と一心同体。旦那を死なしちまったら、綾乃さまにあわせる顔がねえ」

「こいつはな、お上の御用ではないのだぞ」

「たとい、御奉行さまや門倉さまが許さずとも、悪党をのさばらせておくわけにゃいかねえんですよ。誰に何と言われようが、やるときゃやる。そいつが男ってもんでしょう」

「銀次、おぬしも莫迦者よのう」

「へへ、あたりめえでさあ。それより、からだのほうは大丈夫ですかい」

「ああ、棹を操っただけだからな」

強がりを吐いたが、背中の筋は張っている。

傷口も少し開きかけ、着物に血が滲んでいた。

が、何のことはない。やり遂げねばならぬという執念は、痛みをも消しさっていた。

「旦那、怒らねえでくだせえ」

「何だ」

「じつは、莫迦がもうひとりおりやす。あれを」

落葉松《からまつ》の木陰から、ゆらりと人影があらわれた。

「くそったれめ」

勘兵衛は唾を吐き、首を左右に振った。

暗がりから顔を差しだしたのは、鯉四郎である。

覚悟のほどをしめすためか、絽羽織ではなく、みすぼらしい野良着を身に着け、帯替わりの荒縄に大刀を一本差していた。

「長尾さま、何といわれようが、わたしもごいっしょさせていただきます」

「大莫迦者め」

勘兵衛は吐きすて、くるっと背中をむける。

仁徳との約束を破るのは忍びないが、ここまできたら致し方ない。

鯉四郎は一刀流の達人なので、本音を言えば心強い助っ人だった。

「よし、覚悟はきまった」

勘兵衛の決意を聞き、銀次が踵を返した。

提灯の列に沿って歩み、料亭のほうへ消えていく。

一方、鯉四郎はふたたび、落葉松の木陰へもどっていった。

勘兵衛も反対側の笹叢に身を隠す。

おそらく、戸澤主馬が来ないことを告げれば、小半刻もせぬうちに獲物は桟橋近くにあらわれるだろう。

小此木も与右衛門も、黄泉路へ誘う提灯の列を逆しまにたどってくる。

じりじりするような時が過ぎ、やがて、跫音がひとつもどってきた。

心もとない月明かりに照らされたのは、銀次である。

「旦那、やってきやすぜ。ふたりいっしょだ」

銀次のすがたは声とともに、桟橋のほうへ消えてゆく。

桟橋にも灯りはあった。

灯りが途切れるのは、このあたりだけだ。

土手上なので、桟橋からは都合良く死角になっている。

料亭からはかなり遠いので、見定めるのは難しい。

闇討ちを仕掛けるならば、ここしかなかった。

鯉四郎も、それを心得ている。

やがて、提灯がひとつ近づいてきた。

与右衛門が肥えたからだを縮め、小此木の足もとを照らしている。

「おい、待て」

笹叢から、人影が躍りでた。

二匹の獲物は足を止めた。

「なにやつ、辻強盗か」

小此木が叫ぶ。

「与右衛門、提灯を翳せ」

「へえ」

面灯りに照らされた丸顔を睨み、小此木がはっとした。

「そちは……うぽっぽではないか」

「いかにも、昼行灯の蒟蒻野郎にございます」

「その風体はなんじゃ」

「船頭です」

「わかっておるわ。なにゆえ、そのような恰好をしておるのだ」

「待ちぶせにござります」

「待ちぶせ、悪党でもおるのか」

「御意《ぎょい》」

「どこにおる」

「目の前に、鯰が一匹おりまする」

「なに」

小此木が眦を吊りあげた。

提灯をもつ与右衛門の手が震えている。

そちらにも声を掛けてやった。

「よう、目薬屋、また会ったな」

「へ」

「おぬしのごとき悪党は、死んだほうが世のためだ」

勘兵衛は言うが早いか、ばさっと提灯を斬った。

「ひぇええ」

与右衛門は腰を抜かし、悲鳴をあげた。

「ぬがっ」

小此木は鼻を鳴らし、腰の大刀を抜きはなつ。

「猪口才《ちょこざい》な」

勘兵衛の刃が、これを叩きふせた。

激しく火花が散り、白刃が肉を剔《えぐ》る。

「くわっ」

鯰は苦悶の表情を滲ませ、血のかたまりを吐きだした。

乳の下あたりを、横薙《な》ぎに薙がれている。

小此木は天を仰ぎ、大の字に倒れていった。

「うひゃっ」

与右衛門は必死に身を起こし、転げるように駈けだした。

が、逃げられない。

鯉四郎の大きな影が立ちふさがった。

「おた、おた……お助けを」

膝を折敷いて拝み、命乞いをする。

鯉四郎は、悲しげな顔をした。

「つおっ」

鋼の刃が鉈《なた》落としに落とされる。

与右衛門の脳天が、ぱっくり割れた。

鮮血が噴き、どす黒い血溜まりができる。

勘兵衛も顔をしかめた。

「行くぞ、長居は無用だ」

屍骸《むくろ》を置きざりにし、ふたりは桟橋へ急いだ。

きっと、闇がすべてを隠してくれる。

今は祈るしかない。

「あとひとり」

銀次の操る小舟は、大川を矢のようにくだっていった。

十四

亥ノ刻は疾《と》うに過ぎた。

火の用心を告げる番太以外に、町を流す者もいない。

四谷門外の大路に面した鷲山法眼の屋敷は、大名屋敷とも見紛うばかりの豪邸だった。

勘兵衛は臆することもなく、門を敲いた。

「たのもう、たのもう」

船頭の風体ではなく、小粋な縞の着流しに紹羽織を纏った臨時廻りに変わっている。

潜り戸が開き、ぬっと差しだされた提灯につづいて、用人の月代頭があらわれた。

鼻面に十手を翳すと、用人の口調は丁重なものに変わった。

「何か御用ですか」

と聞かれ、勘兵衛はわざとらしく声をひそめた。

「南町奉行所年番方与力、小此木監物の使者にござる」

「小此木さまの」

「さよう、法眼さま宛てに書状を持参いたした。火急のおもむきゆえ、この手で直にお渡し申しあげたい」

「かしこまりました、どうぞ」

勘兵衛は暗闇に控える銀次と鯉四郎に頷き、潜り戸をくぐった。

ここからさきは出たとこ勝負、ひとりでも何とかなる。

ただ、鷲山宗俊という人物を知らない。

想像はできた。
鯰髭を生やかし、腹はでっぷりしている。
欲の皮の突っぱった男にちがいない。
千代田城に住まう雲上人の脈を取り、とんとん拍子に偉くなった漢方医だ。
法眼の地位を得れば、大名からも脈診の依頼はひきもきらずにある。
脈を取るだけで何十両、何百両といった付け届けを頂戴できるのだ。
たいして努力をせずとも、身代は肥えてゆく。
増長しないわけがなかった。
僻《ひが》みでもなければ、色眼鏡でみているわけでも何でもない。
権威にしがみつく者とは、たいがい、そうした生き物なのだ。
勘兵衛は長い廊下を渡り、抹香臭い離室《はなれ》へ通された。
一方は白壁、三方は襖《ふすま》で閉めきられた息苦しい部屋だ。
燭台《しょくだい》にかぼそい火が灯っている。
灯心は揺らめくこともない。
家人の気配は微塵《みじん》もなく、風の音すら聞こえてこない。
勘兵衛は影のように座り、瞑目しながら待ちつづけた。

大刀は左脇、十手は右脇にある。

どちらを拾うかは相手によりけり、本人に会ってから決めても遅くはない。

しばらくして、衣擦れの音が聞こえてきた。

正面の襖がたんと開かれ、坊主頭があらわれた。

年は還暦あたり、瞼の重たげな鯰髭を生やした男だ。

絹地に金糸の刺繍《ししゅう》をほどこした高価な衣裳を纏っている。

警護の用人はいない。小此木の使者と聞き、警戒を解いたのだろう。

「夜分、失礼つかまつります」

「よい。して、小此木どのは何と」

疳高《かんだか》い声だ。

声といい、風貌といい、どことなく檀那寺《だんなでら》の説教坊主に似ている。

勘兵衛は平伏した。

「されば、口上をお伝え申しあげます」

「ふむ、申してみよ」

「今宵、小此木監物は向島三囲稲荷境内にて暴漢に襲われ、一命を落としました」

「なに」

「小此木のみならず、御勘定組頭の戸澤さまも、杏仁堂の与右衛門も殺されました」

「なんじゃと」

「与右衛門が今際に遺言をのこしましてな。それを是非、法眼さまにお伝え申しあげたいとおもい、参上つかまつった次第にござる」

「申してみよ」

「へへえ」

勘兵衛は平伏した恰好から、首だけをむっくりあげた。

「御墨付きを紛失したので、あの世へお届け願いたし」

「でたらめを抜かすな」

「へへ、ばれたか」

勘兵衛は、ぺろっと舌を出した。

「そちは何者じゃ」

「てめえに名乗る気なんざ、これっぽっちもねえよ」

「何じゃと、わしを法眼と知っての狼藉《ろうぜき》か」

「法眼もへったくれもねえ。てめえ、野良犬を一匹飼ってたよな」

「野良犬」

「草鹿十内だよ」

「草鹿……し、知らぬ、さような下郎なぞ知らぬ」

「ほんとに知らねえのか」

「出るところへ出てもよいぞ。ふむ、そうしよう。町方の同心づれに、利があるとおもうなよ」

「白洲に出るまでもねえさ。てめえ、医者のくせして、草鹿にずいぶん人を斬らせたんだろう」

「知らぬわ、虫螻《むしけら》どものことなぞ」

「虫螻か、それだけ聞きゃ充分だ」

勘兵衛は、にっと前歯を剝いた。

左手で大刀を拾いあげ、紫電一閃《しでんいっせん》、鷲山の首筋を斬る。

皮膚が裂け、破れた血管からびゅっと血が噴きだした。

「ふひぇええ」

鷲山は立ちあがって跳ねまわり、襖や壁に鮮血を撒きちらす。

最後はみずからの血で足を滑らせ、木偶《でく》人形のようにひっくり返った。

勘兵衛はあらかじめ用意してあった短刀を、震えの止まらぬ鷲山の右手に握らせた。

騒がしい跫音が、廊下のむこうから駈けよせてくる。

騒ぎを聞きつけ、用人どもがやってきたのだ。

「御免」

声につづいて、襖がたんと開けられた。

「うっ……こ、これは、どうしたことだ」

法眼の遺体を睨みつけるのは、案内に立った用人だ。

勘兵衛は、いっこうに動じない。

「法眼さまは突如として物狂いとなり、ご自身で咽喉を掻っきられました」

「な、なんと」

「方々、これが表沙汰になれば、貴家がお取りつぶしになるは必定、病死としてお上にお届けなされい。たしか、法眼さまには嗣子《しし》がおありでしたな。穏便に事をはこべば、遺された者たちに累はおよびますまい。方々もしかり、よもや路頭に迷うこともあるまい。よろしいですな、しかと申しおきましたぞ」

用人たちは動顛《どうてん》しているので、ただ、平伏《へいふく》するしかない。

勘兵衛は堂々と胸を張り、廊下をすたすた歩みはじめた。

そして、一度も振りかえらず、血腥い屋敷をあとにした。

不思議なほど落ちついている。

心の痛みはつゆほども感じない。

いつの日か、後悔の念に苛《さいな》まれるときが来よう。

しかし、今はちがう。何事かを成し遂げた達成感に盈たされている。

相良潤之介が味わいたかったのも、こうした気持ちではあるまいか。

もしかしたら、草葉の陰で羨ましがっているのかもしれない。

「線香でもあげにゆくか」

勘兵衛は近いうちに、麻布のあじさい屋敷を訪れようとおもった。

十五

川開きから四日目の早朝、勘兵衛は久しぶりに『福乃湯』を訪れた。

番台には、銀次の女房が座っている。

おしまという雌牛のような女だ。

「おや、旦那、金瘡が癒えたんですね」

「おめえにも心配《しんぺ》え掛けたな、銀次にゃとことん世話になっちまった」

「水臭いことは言いっこなしですよ。朝一番に旦那がいないと、何だか淋しくって」

「へへ、そうかい」

女風呂の板間には、勘兵衛専用の刀掛けが置いてある。

「でも、せっかくですけど、今朝は朝一番てわけにゃいきませんよ」

「先客か」

「薊《あざみ》のご隠居です」

「そうか、薊のご隠居なら仕方あるまい」

勘兵衛は板間で手早く着物を脱ぎ、留め桶《おけ》と糠袋《ぬかぶくろ》を提げて流し板へむかった。まだ痛む背中を庇《かば》いながら、朱塗りの柱に箔絵《はくえ》で飾られた破風《はふ》を見上げ、柘榴口《ざくろぐち》へ屈み入る。

「来よったな」

湯気が濛々とたちこめるなかに、茹で蛸《だこ》のような顔が笑っていた。

銀次もおしまも知らぬことだが、薊の隠居こそが南町奉行、根岸肥前守鎮衛にほかならない。

齢は六十八にもかかわらず、からだもあたまも萎びておらず、筋骨隆々とした逞《たくま》しい背中には烏枢沙摩《うすさま》明王の刺青《いれずみ》を彫っていた。烏枢沙摩明王はこの世の不浄を除く神、たいていは厠《かわや》に祀《まつ》られる。

よほどのことがあったときだけ、薊の隠居は『福乃湯』へ顔を出すのだ。

「背中をみせてみろ」

「は」

言われたとおりにすると、隠居はしきりに感心してみせた。

「ほほう、長さといい深さといい、申し分のない金瘡じゃ、わしの烏枢沙摩明王に負けちゃいねえ。よう生きておったな」

「ご心配をお掛けいたしました」

「心配はしておらぬ。うぽっぽが死ぬはずはない。ぬふふ、まあ、はいれ、湯舟に浸かるがよい」

「は」

勘兵衛は桶で湯を汲んで軽く流し、湯舟の表面に足を浸けた。

「あちち」

「おしまに命じて湯を熱くさせたのよ。金瘡にさわるようなら、水でぬるめてもよいぞ」

「めっそうもございませぬ」

勘兵衛はやたら熱い湯に腰まで浸かり、じっと耐えた。

爪先から腿のあたりが、じんじん痺れてくる。

背中まで浸かる勇気がもてず、しばらく腰に手を当てて佇んでいた。

「うぽっぽ、おぬし、やりおったな」

隠居も半身浴となり、本題を切りだした。

「法眼、勘定組頭、目薬屋、そして年番方与力まで、ものの見事に葬ってくれたわ」

「覚悟はできております」

「ほう、何の覚悟じゃ」

「十手をお返しする覚悟にござります」

「臨時廻りを辞めるか」

「ご意向にしたがわねばなりませぬ」

しばしの沈黙が流れ、隠居は風呂じゅうに響くほどの嗤い声をあげた。

「ふははは、可笑しゅうて涙が出るわい。これだけの手柄をあげた男が辞めると言いだすとはのう」

「手柄ですか」

「そうじゃ、巨悪を挫《くじ》いた手柄よ。何十年に一度、いや、廻り方の同心が一生かかってもあげられぬほどの手柄であろうな」

「されど」

「何も申すな、わしは七十年近く生きてきた。酸《す》いも甘いも嚙みわけてきたつもりじゃが、こたびばかりはおぬしに教えられたわい。七十の爺でも時には誤った判断もする。やはり、正義は貫かねばならぬ。貫かぬものは正義とは言わぬ。信念のない者に人を裁く資格はない。うぽっぽよ、すまなんだな、大目にみろ」

勘兵衛はことばもなく、項垂《うなだ》れた。

「おぬしに辞められたら、南町から正義の灯が消える。辞めんでくれ、のう」

慈愛の籠もったことばに胸を打たれ、うっかり涙が出そうになる。

隠居はざばっと湯舟からあがり、さっさと柘榴口のむこうへ消えた。

勘兵衛も急いであとを追い、白い湯気とともに柘榴口をくぐりぬける。

流し板のまんなかに、薊の隠居はどっかり座っていた。

「何をぐずぐずしておる。早う背中を流せ」

「は、ただいま」

勘兵衛は糠袋を握り、火焔《かえん》を纏った烏枢沙摩明王に近づいていった。

十六

暦は夏至を越えて小暑になった。

油照りの暑さは増し、夕暮れの涼み台が恋しい季節となった。

心太《ところてん》に枇杷《びわ》葉湯売り、鬼灯《ほおずき》売りに冷水売りと、町を行き交うのは夏の物売りたちだ。

昼寝のときなどは、竹で編んだ竹夫人《ちくふじん》を枕代わりに抱いて寝るようになった。涼しげな竹夫人が静の身代わりなのか、それとも、おふうの身代わりなのか、自分でもよくわからない。

一連の殺しに関しては、いまだ、最大の謎がのこされていた。

女殺し坂で、誰がみほを殺めたのか。

答を探しあぐねていたとき、銀次が耳を疑いたくなるような情報《ネタ》を携えてきた。

つい、さきほどのはなしだ。

相良潤之介とみほを、不忍池の出逢い茶屋でみたものがいるというのである。

出逢い茶屋はわけありの男女が密会をかさねる場所、茶屋で働く連中に尋ねてみると、それは事実であった。

日射しが長く延びたころ、勘兵衛はふとおもいたち、絽羽織を纏った。
固く結んだ博多帯の背中に十手を差し、家を飛びだした。
むかうさきは麻布笄橋、あじさい屋敷へ繋がる急勾配の坂だ。
女殺し坂にいたるころには、西の空が茜色に染まっていた。
坂を上る勘兵衛の足取りは重い。
途中で戻ろうかともおもったが、同心魂に引きとめられた。
主人のいなくなった相良家は静まりかえり、野良猫の巣になっていた。
冠木門を飾っていた花々は雑草に取ってかわられ、みるかげもない。
ひとり遺された利恵が荒《すさ》んだ暮らしを送っていることは、想像に難くなかった。
あじさい屋敷が、化け物屋敷に変わったか。
「ごめん」
勇気を出して敷居の内へ踏みこむと、奥に人の気配が蠢《うごめ》いた。
「長尾勘兵衛でござる。利恵どの、おられませぬか」
声を張りあげると、かぼそい返事があった。
「少しお待ちを、ただいま、まいりまする」
しばらく待たされたのち、濃い化粧をほどこした女があらわれた。

「利恵どのか」

「はい」

厚化粧でも隠すことができぬほど、窶《やつ》れてしまっている。

別人ではないのかと、勘兵衛は疑ったほどだ。

「仏壇に線香をあげさせてくだされ」

「お気遣いいただき、かたじけのう存じます」

「なんの」

勘兵衛は雪駄を脱ぎ、奥の仏間へむかった。

利恵が茶の仕度をしているあいだ、相良の位牌《いはい》に語りかけた。

「すべては、おぬしが蒔いた種だ。どうなろうと、わしは知らぬぞ」

位牌は何も語らず、ただ、線香の煙が揺れただけだ。

女房を楽にしてやってほしいと、相良の霊が頼んでいるようにも感じられた。

はっとして振りむくと、利恵が音もなくそこに座っている。

「お茶をどうぞ」

「ふむ、かたじけない」

「あの……夫と何をはなしておられたのですか」

「ん」

「ずっと、おはなししておられたでしょう」

利恵の必死な様子に、勘兵衛は気圧《けお》されかけた。

意を決し、切りだしてみる。

「じつは、利恵どのに尋ねたいことがあってな、それでまいったのだ」

「やはり、そうでしたか」

「わかるのか」

「はい、今日か明日かと、お待ちしておりました」

「覚悟を決めておられたのだな」

「はい」

「さようか、されば多くは問うまい。なぜ、あのようなだいそれたことをやってしまったのだ」

「詫《わ》び状にございます」

「詫び状」

「はい、夫がみほという女に宛てた詫び状にございます。それを、巳吉なる者にみせられました」

「いつ」

「夫の初七日、午《ひる》過ぎにござりました」

暦は先月十九日、みほが殺されたのとおなじ日だ。

「なるほど」

勘兵衛は合点した。

巾着切の巳吉が盗んだ畳紙には、法眼の御墨付きとは別にもう一枚、詫び状が仕舞ってあったのだ。

巳吉は御墨付きをネタにして杏仁堂に強請をかけ、一方では相良の詫び状をネタにして利恵に強請をかけていた。経緯《いきさつ》を正確に記せば、巳吉は初七日にあじさい屋敷へ足をむけ、利恵を強請った。それから四日後の二十三日に杏仁堂を強請り、翌二十四日の晩、あじさい屋敷で利恵に返事を貰った帰り道、牛鳴坂で草鹿十内に斬られたのだ。

いずれにしても、巳吉は利恵を強請っていた。卑劣にも、夫を失った妻の疲れきった心につけこもうとした。

辻斬りに遭った相良の背後に怪しげな女の影があったとなれば、恰好の瓦版ネタになる。夫の不貞《ふてい》を世間に知られたら、利恵は生き恥をさらさねばならない。なによりも、詫び状を公開されたら、故人の名誉が傷ついてしまう。ばらされるのが嫌なら金を出せと、巳吉は凄《すご》んだのである。

聞けば、利恵は相良とみほの不貞な仲を従前から知っていたのだという。

「あのひとは不器用なひとです。みずからの犯した過ちを隠しとおすことなど、とうていできませぬ」

深い仲とは知りつつも、知らぬふりをした。

かならずや自分のところへ戻ってきてくれるだろうと、期待していたのだ。

ところが、夫は逝った。

悲しみに暮れていたちょうどそのとき、みほが喪服であらわれた。

「通夜の晩でした」

夫を盗んだのはこの女だと、利恵にはすぐわかった。

みほは焼香を済ませ、何か言いたげだったが、利恵への気遣いからか、夫との仲を口にすることはなかった。

初七日となり、こんどは巳吉が弔問客だと偽ってあらわれた。

夫の筆跡《て》で書かれた詫び状をみせられたとき、利恵は自分のなかで何かが音を起《た》てて崩れてゆくのを感じた。

「これが、その詫び状でございます」

後日二十四日、巳吉から三十両と引換に手に入れたものという。

「拝見してもよろしいのか」

「どうぞ」

「では」

勘兵衛は奉書紙を手に取り、さっと目を通した。

達筆な筆跡で綴られたごく短い文面である。

読み終えると、深い溜息が洩れた。

文面には、敵はあまりに強大すぎて自分の力ではどうにもならない、というような諦めの内容が記されていた。

本懐も遂げられず、みずからの自制心すら失ってしまい、潮田には合わせる顔がない。

なによりも、傷心のみほを慰めるうちに恋心を抱いてしまった浅はかな自分を赦してほしい。

――死んでお詫び申しあげたい。

と、末尾にはあった。

相良は自責の念に苛まれ、毒を呷って死のうとした。

しかも、死のうと決めた場所に、みほを呼んだのだ。

ひょっとすると、心中をもちかけたのかもしれない。

みほにはしかし、武士の妻としてやらねばならぬことがあった。

亡き夫の無念を晴らさねばならぬ。無理とわかっていても、悪党どもに一矢だけでも報いたい。そうでなければ、死んでも死にきれないと訴え、相良から詫び状を受けとって別れたのだ。

一方、相良はみほと別れたあとも死にきれず、重い足取りで坂道を上った。

その途上、みほを跟けてきた草鹿十内によって斬殺されたのである。

みほだけが生かされたのは、もう少し泳がしておけという指示でも出ていたのだろう。

巳吉に詫び状を突きつけられ、利恵の心に青白い炎が灯った。

相良の裏切り、相良の死、すべてが一本に繋がったのだ。

初七日の晩、みほは律義にも線香をあげにやってきた。

利恵は表情の抜けおちた顔で出迎え、見送り、鳥兜紋の刻印された脇差を握るや、みほの痩せた背中を追いかけた。

そして、急坂の中途で追いつき、脇差を逆しまに握った。「お覚悟」と声を掛け、みほが振りむいたところへ突進し、胸を刺しつらぬいたのである。

みほを刺したあとのことは、よくはおぼえていないと、利恵は言う。

先祖伝来の脇差は、笄川へ抛りなげたらしい。

淘《よな》げ屋にでも川底を浚《さら》わせれば、証しの白刃は出てくるだろう。

「わたし、みほというおなごが、どうしても……どうしても、許せなかったのです。夫がこの世にのこした汚点を、すべて消しさりたかった……う、うう」

利恵は畳に泣きくずれた。

勘兵衛には慰めるべきことばもない。

仏壇のほうに目がいった。

――相良よ。

おぬしはなぜ、そのような過ちを犯してしまったのだ。

最初は潮田源八郎の無念を晴らしたい一心で、危険な探索に乗りだしたのであろう。

ところが、探索がすすみ、巨悪の輪郭が浮かびあがるにつれて、みほとの絆は固くなっていった。そして、ふたりは関係を結んでしまったのだ。

相良には、越えてはならない一線があった。無骨で正義感の強い男に突きつけられた試練、あるいは、陥穽《かんせい》であったのかもしれない。

役所で冷や飯を食わされつづけた男は、最後くらい華々しく散りたいとおもった。

妻との平穏な暮らしを失っても、激情に衝きうごかされるがまま、生死の瀬戸際まで突っ走りたかったのではあるまいか。

今にしておもえば、あじさい屋敷へ移りすんだ時点から、相良の運命は予期せぬ方向へ転がりはじめたようにもおもう。

相良は一線を越えた。

長く辛い勤めを終え、夫婦水入らずでささやかな幸福を得ようという段になって、運命の歯車は軋みはじめ、文字どおり、急坂を転げおちていった。

ひとり置きざりにされた利恵は途方に暮れながら、これからも坂上の枯れ寂びた屋敷に住みつづけるしかないのだ。

「長尾さま、わたくしを……お縄にしてくださりませ」

そうはいかぬ。

妻の悋気《りんき》は白洲で嫌われる。情状酌量の余地はない。

ひとひとり殺した罪には、同等の報いが待っている。

逡巡したところで、良い智恵は浮かんでこない。

勘兵衛には、縄を打つ勇気がなかった。

かといって、漫然と生かすのも酷すぎる。

利恵は死にたがっていた。

「死ぬのは楽だ。なれど、相良はそれを望んでおらぬ」

「卑怯《ひきょう》です。自分だけ勝手に死んでおいて……そんなの、卑怯です」

「卑怯か……そうよな。あの莫迦は最後まで不器用な男だった。利恵どの、しかし、ひとつだけ信じてほしいことばがある」

「ことばとは」

　十年前、相良が利恵といっしょになり、八丁堀からこのあじさい屋敷へ移ったばかりのころ、勘兵衛はこう囁かれた。

「『長尾、菩薩をみつけたぞ』と、やつは心底から嬉しそうに囁いた。菩薩とは利恵どの、おまえさんのことだ。相良は役所で辛酸を嘗めつづけた。それでも、いつも胸に菩薩を抱きしめておった」

「そんな……むかしのはなしなんて」

「やつは詫び状までしたため、毒を呷って死のうとした。なれど、最後の最後になって、おもいとどまった。なぜだか、おわかりか。そのときも、菩薩を抱いておったからさ」

　相良は不運にも命を落としてしまったが、利恵の待つあじさい屋敷へ舞いもどるつもりで坂道を上りはじめたのだ。

「利恵どの、生きてはみぬか」

死ぬのはいつでもできる。死ぬよりも生きるほうが、どれほど辛く苦しいことか。

生涯、重い罪を背負うことになるが、相良の菩提《ぼだい》を弔いながら生きつづけてはもらえぬだろうか。

「わしだけではない。岡っ引きの銀次のように、相良潤之介に会いたいと願う者はほかにもおる。そうした連中のためにも、どうか」

勘兵衛はこうべを垂れ、返事も聞かずにその場を離れた。

玄関で雪駄を履いたとき、仏間から慟哭が聞こえてきた。

過酷といえば、あまりに過酷な仕打ちであったかもしれない。

「おれは、誰ひとりとして救えなかったのだな」

外に出ると、奈落の底へと誘う坂道がつづいている。

「長尾さま」

利恵が駒下駄をつっかけ、小娘のように追いかけてきた。

すでに、涙はない。

わずかな沈黙が流れた。

利恵は気丈にも、凛とした口調で告げてくる。

「秋になれば、桔梗《ききょう》や女郎花《おみなえし》や芙蓉《ふよう》の花が咲きまする。そして、萩も庭いっぱいに咲きまする。みんな、夫がのこしてくれたものです」

「ほう、萩が」

　秋になれば、あじさい屋敷は萩屋敷になりかわる。

「みなを誘って愛でにまいろう」

「はい」

「楽しみがひとつできたな」

　勘兵衛は、満面の笑みを浮かべた。

　利恵もつられて笑う。

　涙を流しながら笑っている。

　菩薩の笑顔だ。

　勘兵衛は坂の上に立った。

　すでに日は落ち、暮れゆく空を見上げれば、つがいの燕が飛んでいる。上になり、下になり、戯れながら遠ざかる様子をみつめ、勘兵衛は涙を抑えきれなくなった。

濡れぼとけ

一

弁天島の杜《もり》に半月が掛かっていた。

不忍の蓮池を皓々《こうこう》と照らしている。

涼み舟は、舳《へ》先《さき》を静かに北へむけた。

「あう……やめて、あ……ああ」

船上に立てまわされた障子の隙間から、よがり声が聞こえてくる。

船頭は置物のように佇み、棹《さお》をのんびりさしつづけた。

やがて障子が開き、折助《おりすけ》風の男がうらなり顔をみせた。

「へへ、気持ちの良い風だぜ。おりん、こっちへ来てみな」

若い娘がほつれ髪を直しながら、火照った顔を差しだす。

年は十八、九であろうか。大人びてみえるが、もっと若いかもしれない。目鼻立ちのくっきりした色白の美人で、生まれついたときから男を蕩《とろ》かす術《すべ》を心得ているかのようだ。

「ほんと、お月さまもあんなにきれい」

半開きのぽってりした朱唇《くちびる》を、時蔵《ときぞう》はまた吸いたくなった。

「あの月に誓ってもいい」

「何を」

「おれは生涯、おめえをはなしゃしねえ」

「うふふ」

「何が可笑《おか》しい」

「だって、遊び人の時蔵さんが口にする台詞じゃないもの」

「遊びじゃねえ。おれは半端者の渡り中間《ちゅうげん》だが、こんどばっかしゃ本気で女に惚《ほ》れた。おりん、おめえのこった。それを証拠に」

「それを証拠に」

「身請代の三十両、ちゃんとつくってきたんだぜ」

「え、ほんとう」

「へへ、やるときゃやる、そう言ったろう」

時蔵は偉そうに胸を張ってみせたが、馴染みにしている賭場《とば》から盗んだ金にすぎない。賭場の用心棒にみつかれば、まちがいなく殺される。

「詳しい事情《わけ》は聞きっこなし。今晩じゅうにはなしをつけて、七つ刻《どき》にゃ出立《しゅったつ》しなくちゃならねえ。江戸を捨てるのよ、わかるか、おりん。おめえも覚悟はできてんだろうな」

「嬉しいよ、時蔵さん」

おりんは黒目がちの大きな瞳を潤ませ、胸にしなだれかかってくる。

時蔵は丸い肩を抱きよせ、これでいい、これでよかったのだと、自分に言い聞かせた。

幼い時分から、こうと決めたら突っ走る癖がある。賭場の売上げ金をくすねたのも、狙ってやったことではない。帳場を任された男が、たまさか居眠りしていた。三十両などという大金はどう逆立ちしても手にできないとあきらめていたが、居眠りしている男をみた瞬間、これは天のお告げだとおもいこんだ。

いまさら、後悔はしていない。おれは、おりんに惚れた。おりんを請けだすためなら、何だってやる。人殺しだって、やってやる。

「おめえほど良い女はいねえ」

「何を言うの、まだ逢って日も浅いのに」

「涼み舟でしっぽり濡れんのも、今宵で三度目か。だがよ、おりん、男と女は付きあった日数じゃねえ。膚《はだ》が合うかどうかなんてな、一発でわかるもんさ」

「わたしとは、ぴったり膚が合ったとでも」

「ああ、そうさ。おめえはこの世にふたりといねえ女だ」

「からだだけ」

「莫迦《ばか》言っちゃいけねえ。おれはな、おめえの気持ちに惚れたんだぜ」

「気持ちって」

あらためて問われると、はっきりした返事はできない。おりんは気遣いのできる娘だ。半端者のおれを立ててくれる。素人女も商売女も大勢抱いてきたが、男として敬ってもらったことはいちどもなかった。

強いて言えば、惚れたのはそこか。

いや、まだある。身上話にもほだされた。

おりんの父親は名のある侍だったが、何かの事情で腹を切らされた。家は潰れ、遺された者たちは散り散りになり、おりんは十一で旅芸人に売られた。三味線の技倆《ぎりょう》を身に付けたのが功を奏し、十四の若さで辰巳《たつみ》芸者の真似事をしていたところ、大名家の贈答品を買いとって転売する献残屋《けんざんや》の隠居から「妾にならぬか」と、声を掛けられた。

「そいつが二年めえのはなしだったな。二年経《た》って、隠居はおめえに飽きてきた。しわん坊の癖が出て、月々の小遣いも渋るようになった。若《わけ》えおめえにしてみりゃ、しわん坊の爺さまなんざ相手にしたかねえ。ここが潮時と踏んでいた」

「ちょうどそんなとき、おまえさんがあらわれた」

「へへ、おいらは救いの神だったってえわけか」

ただし、隠居は一筋縄ではいかない相手だ。おりんの言うには、いざ、切れ話を持ちだした途端、算盤で床を叩いて逆上したというのである。

「泥棒猫が身請金を払うってんなら、おりんをくれてやってもいい。しわん坊は、そうほざきやがったんだな。ふん、泥棒猫ってな、このおれさまよ」

「ご隠居は算盤がお得意だから、わたしの値打ちを三十両と弾いたの」

「ずいぶん安いんじゃねえのか」

「十両盗めば首が飛ぶご時世で、三十両は大金だぞって、ご隠居は仰《おっしゃ》ったよ」

「そりゃそうだが」

時蔵は、ずっしり重い胴巻きをさすった。

一刻も早く、腹から外して身軽になりたい。

「おりん」

「なあに、怖いお顔をしなすって」

「おれは真剣なんだ。おめえを請けだして上方あたりで所帯をもち、一から出直そうとおもってんだ」

「時蔵さん」

　おりんの顔に、動揺の色が浮かんで消えた。

　時蔵は気づかずに、気楽な調子で首をかしげた。

「おりん、ひとつ聞いてもいいか」

「なあに」

「どうして、おれにあんなもんを盗ませた」

「うふふ、時蔵さんにしかできないからよ」

「だから、どうして」

「ただのいたずら」

「いたずらってこたあねえだろう。こちとら命懸けだったんだぜ」

　初めて逢って時蔵が素姓を明かした晩、おりんは妙なものを欲しがった。

　約束どおり、二度目に逢ったときにそれを運びこんでやったら、まるで、山吹色の小判を鼻先に積みあげられたかのように、おりんは瞳をきらきらさせて喜んだ。

理由も聞かずにやったことだが、ふと、今になって理由が知りたくなった。

「時蔵さん、怒ったの」

「怒りやしねえさ、もう済んじまったことだ」

「あれを盗んでもらった理由、どうしても知りたい」

「ああ」

「あとで教えたげる」

「今じゃねえのか」

「うふふ、あとであとで」

おりんの甘えた口調に、時蔵は蕩けそうになった。

あれを盗ませた理由なんざ、もうどうだっていい。

献残屋の耄碌爺《もうろくじじい》に三十両さえ払えば、おりんはおれのものになる。

舟は不忍池の北端から、細流の注ぎ口へむかった。

「あのさきは藍染川か」

「そうだよ。川幅は二間しかないから、中途で通せんぼになっちまう。そっからさきは蛍狩りでもやりながら、七面坂をのぼるの」

藍染川の下流は、蛍川ともいう。

坂の西側に広がる土手は蛍の宝庫とされ、夏になると蛍茶屋が仮小屋をならべた。

「坂のうえに爺さまの妾宅があるんだな」

「うん」

「へへ、何やら疼《うず》いてきやがった。どうでえ、おりん、もいっぺん……いいだろ」

おりんは小振りの乳を揉《も》まれて喘《あえ》ぎながらも、時蔵の手をやんわり押しやった。

「けっ、拒むのか」

「済ませることを済ませたら、ね、いくらでも楽しませてあげるから」

「ちっ、しゃあねえか」

気づいてみると、舟は汀のそばで止まっていた。

「あれ、どうしちまったんだ」

「水草にでも引っかかったんでしょ」

水面に目を落とすと、河骨《こうほね》の大葉が艫灯《ともあか》りに浮かんだ。

このときはじめて、時蔵は船頭をみた。

頬被りの船頭が、藪睨《やぶにら》みで鋭い眼光を放ったのだ。

時蔵は負けじと、声を張りあげた。

「やい、早く舟を動かせ」

「急かさねえでくだせえ。水草が絡まっちまったもんで」

「どうにかしろ」

「へい……あの」

「何だよ」

「どうしても、このさきへすすみてえと仰るなら、銭が要りやす」

「莫迦を言うな。船賃なら払ったぜ」

「船賃とは別に、六文掛かりやす」

「六文か。ふん、端金《はしたがね》じゃねえか」

時蔵は銭を取りだし、じゃらじゃらさせながら抛《ほう》りなげた。

「ほれ、釣りは要らねえぜ」

「おやおや、銭を投げたら罰が当たりやすよ」

船頭はぶつぶつ言いながら、銭を拾いあつめる。

「へい、たしかに戴きやした。三途の川の渡し賃」

「あんだと」

屈《かが》んだ船頭の胸に、匕首《あいくち》が光った。

生臭い風が吹き、時蔵の首筋に寒気が走る。

「はうっ」

咽喉《のど》笛がぱっくり裂けた。

叫ぼうにも、声が出ない。

鮮血が飛沫《しぶき》となって噴いた。

——くそっ、騙《だま》しやがったな。

いまさら気づいても遅い。

胴巻きが外され、身軽になった。

——なぜ、おれを殺《や》る。

時蔵には、理解できない。

「ぼけ」

船頭が痰《たん》を吐いた。

手には胴巻きをぶらさげている。

「時蔵、てめえはもうすぐ死ぬ。死ぬやつにゃ死ぬだけの理由があんだよ」

船頭は頬被りにした手拭いを、するっと脱いだ。

時蔵の濁った眼球が、飛びださんばかりになる。

おりんは返り血を避けながら、上目遣いにみつめていた。

――死ぬやつにゃ死ぬだけの理由が……くそっ、わからねえ。

時蔵の意識は、突如、暗い川底に吸いこまれた。

二

勘兵衛は、異臭に顔をしかめた。

蓮見舟のむこうに、弁天島がみえる。

葦《あし》の伸びた中洲では、屍肉《しにく》を漁る鳥どもが騒いでいた。

「ひょっこらしょ」

銀次は屈むなり、筵《むしろ》をひらりと捲《めく》った。

銀蠅《ぎんばえ》がいっせいに飛び、蒼白い死人の顔があらわになった。

「朝っぱらから嫌なもんをみせられたぜ」

少し離れた木陰では、鯉四郎がげろを吐いている。

銀次は十手の先端で、屍骸の脇腹をちょんと突っついた。

「ほとけは浅瀬に浮かんでおりやした。蓮見客がみつけて腰を抜かしたんでさあ」

「蓮にほとけか、洒落《しゃれ》にもならねえな」

「ほとけを汀から流しても、浅瀬にゃ流れつきやせん。殺して舟で運んだか、舟のうえで殺したか、ふたつにひとつでやしょう」

「なるほど」

「旦那、こいつはたぶん、折助ですぜ」

風体《ふうてい》髪型から推すと、銀次の指摘するとおりだろう。

「咽喉笛を横一文字か」

「致命傷でやすね」

銀次は指で屍骸の顎《あご》をもちあげ、傷口に顔を近づけた。

「得物は短《みじけ》え刃物だな」

「九寸五分《くすんごぶ》か」

「へい。正面から、すぱっと殺られちまったらしい」

「本人にも油断があったな」

「するってえと、下手人は顔見知りでしょうかね」

「顔見知りでなければ、殺しとは無縁にみえる相手だろうな」

「殺しとは無縁にみえる相手」

「たとえば、船頭とか」

勘兵衛は鋭い読みで筋を描いてゆく。

「涼み舟に乗っていたのかもしれん」

「なあるほど、仁王門脇の桟橋から出ておりやすね」

「銀次よ、若え折助がひとりで涼み舟に乗るか」

「へへ、んなわけはねえ、女がいっしょだった」

「そういうことだ」

「おや、旦那、これを」

銀次は、屍骸の右袖を捲《まく》りあげた。

右肘《ひじ》の内側に×印の入墨が刺してある。

「こいつ、人足寄《にんそくよせ》場《ば》におったな」

「そのようで。渡り中間の×印はめずらしくもねえが、ともかく、口入屋をいくつか当たってみやしょう。素性がわかるかもしれねえ」

「ふむ、そうしてくれ」

勘兵衛は、すっと立ちあがった。

「旦那はどちらへ」

「ちょっとな」

「下谷《したや》の広小路でやすね」

「ああ、やつが流しておれば、何か聞けるかもしれん」

「承知しやした。じゃ、ここでお別れってことで」

「あすこの若僧も頼むぞ」

「へい、へへ」

鯉四郎はまだ、吐きつづけている。

「図体に似合わず、情けねえ野郎だな」

勘兵衛は屍骸に背をみせ、南へ足をむけた。

池の淵を嘗《な》めながら途中で東へ折れ、下谷広小路を散策しはじめる。

陽が昇るにつれて刻々と暑さは増し、咽喉の渇きは耐えがたいほどになった。

勘兵衛は屋台見世や乾《ほし》見世を一軒ずつひやかし、ところてん売りの鼻先で足を止めた。

「一杯くれ」

「へ、一文いただきやす」

威勢良く応じた男の顔から、複雑な笑みが洩れた。

幸の薄そうな茶がかった瞳をむけてくる。

「なんだ、長尾か」

「半年ぶりだな、神崎《かんざき》」

「捨てた姓で呼ぶな」

「すまぬ」

元風烈廻り同心、神崎猪之助《いのすけ》は五年前、つつもたせに嵌《は》められて一生を棒に振った。

前後不覚になるほど酔っていたとはいえ、不浄役人の分際でつつもたせに引っかかるとは言語道断、即刻、役目を解かれたばかりか、家門断絶のうえ召放《めしはなち》という厳しい沙汰を受けた。

妻と娘にも見限られたと、本人には聞いている。

死ぬこともできたが、傷心の身を引きずって生きる道を選び、二年前から屋台を担ぎはじめた。

冬は芋だの汁粉だのを売り、夏はところてんだのほおずきだのを売りあるく。

勘兵衛は知らぬ仲ではなかったし、同年輩でもあったので、侍を捨てざるを得なかった神崎の行く末を秘《ひそ》かに案じていた。

ちょうどそうしたおり、下谷広小路で屋台を担ぐ神崎に出くわしたのだ。

肩で風を切って歩んでいた同心が、肩に天秤棒を担いで食べ物を売りあるくことなど、ふつうに考えればあり得ないはなしだ。

しかし、神崎は再起しようと藻掻《もが》いていた。

懸命なそのすがたに、勘兵衛は胸を打たれた。

妻を失った者同士、傷を嘗めあいたかったこともある。

三月《みつき》に一度、あるいは半年に一度、おもいだしたように会っては酒を酌みかわしてきたのだ。

ふたりは肩をならべて歩み、露地裏の縄暖簾《なわのれん》をくぐった。

店名は『お福』という。小汚い店だが、肴《さかな》は美味い。親爺が無口で無愛想なところも気に入っている。

ふたりは床几に腰掛け、さっそく冷や酒で乾杯した。

肴は煮蛸《にだこ》に冷や奴、煮蛸は味噌と黒胡麻《ごま》を使って甘辛い味付けにしてあった。

たがいに喋《しゃべ》らず、黙々と酒を呑み、肴をつつく。

神崎が業を煮やしたように、口を開いた。

「北の浅瀬にほとけが浮かんだらしいな」

「ふむ」

「用事はそれか」

「まあな、おぬしなら何か知っておるかとおもってな」

「ほとけの名は時蔵、加賀前田《まえだ》家に出入りする渡り中間だ」

「まことかよ」

驚いてみせる勘兵衛にむかって、神崎は右袖を捲ってみせた。

肘の内側に×印の入墨が刺してある。

「わしは召放になったあと、何度となく死のうとおもった。が、死にきれず、帳外者として二年ほど人足寄場に送られた。そこで、時蔵と知りあった。やつとは臭い釜の飯を食った仲だ」

「なるほど」

昨夜、神崎は仁王門脇の桟橋で、時蔵に似た男を見掛けた。

「女といちゃついておった。それゆえ、声を掛けそびれたのだ。今朝一番でほとけが浮かんだと聞き、おぬしよりさきにほとけの顔を拝みにいった。胸騒ぎを感じてな。おもったとおり、ほとけは時蔵だった」

「桟橋で見掛けたのは、どんな女だ」

「物腰から推すと、年は三十路あたりか。柳腰で首は細長い、おおかた、商売女だろうさ。顔は手拭いで隠しておったな……たぶん、濡れぼとけであろう」

「濡れぼとけか、なるほど」

十手持ちの使う隠語で、舟を使ったつつもたせのことを言う。

神崎が一生を棒に振ったのも、まさしく、濡れぼとけのせいだった。

「すると、船頭も仲間だな」

「そりゃそうさ。ただし、やつらはおなじ場所で二度と鴨を釣らぬ。不忍池には戻らぬだろうよ。船頭仲間に聞いても、たいした手懸かりはつかめまい」

会話はそれきり、ぷっつり途切れた。

しばらく経って、勘兵衛のほうから酒を勧めた。

「教えてくれ。そもそも、おぬしはなぜ、濡れぼとけなぞに引っかかったのだ」

「わしを恨んでおった小悪党に仕組まれた。したたかに酒を呑まされ、気づいてみたら舟のうえだ。商売道具の十手を盗まれちまったら、もう、どんな言い訳も通用せぬ」

「なんでまた、酒をそんなに呑んだ」

「桜が満開でな」

役目に追われ、ろくに家にも帰っていなかったので、たまにはみなで仲良く墨堤《ぼくてい》にでも行こう。そうおもいながら帰宅したところが、八丁堀の自宅は蛻《もぬけ》の殻、聞けば近所じゅうで寄りつどい、妻も娘も夜桜見物に出掛けていた。

「何やら淋しゅうなってな、ふらりと家を出て霊巌島へ渡り、新川河岸の縄暖簾をくぐっちまった」

それが運の尽き、店内でたまさか小悪党とかちあった。

「まさか、そいつに恨まれておるとは知らず、誘われるがままに盃を干し、いつしか眠りに陥った。気づいてみたら、舟の上さ」

屋根船で大川を遡上《そじょう》しており、かたわらには裸の女が横たわっていた。

船頭に化けた抱え主は元力士と名乗る巨漢、抗う術もなかったという。

翌日、小悪党が神崎から盗んだ十手を奉行所に届けたことで、すべてが発覚した。

つつもたせを仕掛けた連中は後日別件で捕まり、刑場の露と消えたものの、神崎はたったひと晩の過ちで一生を棒に振った。

切ないはなしだ。ほんのわずかな行き違いが、順風にみえた家に破綻を招いたのだ。

神崎自慢の愛妻は美和《みわ》といい、美人で気だての良い女性だった。

「美和は縁あって、商家の後妻にはいったと聞いた。娘ともども、幸せに暮らすことができておれば、それでよい」

「娘はいくつになった」

「今年で十五、美紀《みき》は遅くできた子でな」

「別れたときが十か。娘は成長が早い、ずいぶん大人びたことだろう」

「逢いたかろうな」

「逢いたいと申したところで、かなわぬはなしだ。娘も一杯一文のところてん売りに逢いたくはあるまい。長尾よ、たのむから娘のはなしはやめてくれ。娘をもつ父の気持ち、おぬしならわからぬはずはあるまい」

「すまぬ、つい」

「いいさ」

「ところで、時蔵の一件だが、ひとつ気になることがある」

「何だ」

「濡れぼとけは、金は奪っても人は殺さぬ。時蔵には何か、殺される理由があったようにおもえてならぬのよ」

「さすがは長尾勘兵衛、読みが深いな」

神崎は銚子を摘み、ぐい呑みになみなみと注いでくれた。

三

猛暑、雨粒ひとつ落ちてこない日がつづいている。

竹夫人《ちくふじん》を抱いてごろ寝しても、いっこうに涼しくはない。

この暑さ、何とかならぬものか。

弱音を吐いたところへ、綾乃が嬉しそうに駈《か》けてきた。

庭下駄を履いている。仁徳のところへ寄ったのだろう。

「あ、父上」

「何か良いことでもあったのか」

「はい、仁徳先生からお裾《すそ》分けがございます」

「ほう、めずらしいな」

「加賀藩御用達の大店からの頂き物だとか」

「ふうん」

「何だとおもわれます」

「知らぬわ」

「うふっ」

「焦らすな」

「氷ですよ」

「ほ、氷か」

勘兵衛は眸子《まなこ》を輝かせた。

加賀藩の献上氷といえば、江戸で知らぬ者はない。

皐月《さつき》の終わり、加賀前田家では国元から氷飛脚なる早飛脚を飛ばす。氷室《ひむろ》に蓄えた「お氷さま」をたった五日で江戸藩邸へ運びこみ、即日、将軍に献上するのだ。これは「梅鉢の氷献上」と称される年中行事で、献上日の水無月《みなづき》朔日《ついたち》は「氷の朔日」とも呼ばれた。江戸城内でも御祝儀氷が配られ、大名や大身旗本はありがたくこれを頂戴する。

献上氷の江戸入りは、毎年、加賀藩の氷奉行を筆頭に伴揃えも仰々しくおこなわれる。本郷にある上屋敷前の沿道には、溶けた氷のしずくを狙って、何にでもご利益を得ようとする江戸庶民たちが大勢あつまった。

「そういえば、おもしろいはなしを聞いたぞ」

群衆のなかから、楚々《そそ》とした佇まいの武家娘があらわれ、つつっと「お氷さま」に近寄り、何をするかとおもえば着物の裾を捲りあげた。伴人どもが呆気《あっけ》にとられていると、突如、娘は蛙《かえる》跳びに跳び、氷柱に抱きついたというのだ。

「へえ、それで、娘さんはどうなったの」

「お氷さまから引きはがされ、無礼打ちにされるところであったが、その場に居合わせた仏師の機転で助かった」

　暑気に当たって気狂いしたおなごを殺《あや》めれば、末代まで祟《たた》られるとか何とか、仏師は口からでまかせを吐いたらしい。ともあれ、娘は救われ、仏師に肩を抱かれて露地裏へ消えたというのだ。

　この出来事は、見物人たちに鮮烈な印象をのこした。氷柱を抱く氷娘の艶《なま》めかしい姿態は瓦版にも刷られ、江戸雀たちの口の端にのぼっていた。

「存じあげませんでした」

「知らずともよいわ。ところで、仁徳どのがなにゆえに氷を」

「急患で担ぎこまれた商家のご主人、おぼえておいでですか」

「おう、小腸《ひやくしろ》を切られた漆器屋のことであろう」

「はい」

　触診すると下腹部に腫《は》れが見つかったので、仁徳は有無を言わせず外科治療を施し、腫れの原因とおぼしき盲腸を切除した。

商家の主人は能登屋茂兵衛《のとやもへえ》なる漆器卸問屋、仁徳は命の恩人と敬われ、治療代のほかに何か欲しいものはないかと尋ねられた。

そこは厚かましい仁徳のこと、申し出を断る謙虚さなどもちあわせていない。あれこれ考えたあげく、稀少な氷を所望したいと言ってのけた。

能登屋も大口を叩いた手前、難題を請けざるを得なくなり、平常から懇意にしている氷奉行に頼みこみ、加賀藩邸から直々に氷を貰《もら》いうけた。その一部を茅《ちがや》で何重にも巻き、大八車で運ばせたのだという。

「手桶《ておけ》一杯ぶんを所望したはずが、玄蕃桶《げんばおけ》一杯ぶんの氷が届いたそうです」

「知らなんだな」

「ご近所では誰も知らないことです。知れたら蜂の巣をつついたような騒ぎになる。だから、くれぐれも隠密裡《り》に事をすすめねばならぬと、先生は仰いました」

「されど、この暑さだ。せっかくの氷も、すぐに溶けてなくなるだろう」

不安げに尋ねてみると、当面はその心配もないらしい。

「なぜ」

「ご本人にお聞きください」

綾乃は微笑み、勝手場で鉋《かんな》と蜜の仕度をはじめた。

かき氷を食うのだなと、勘兵衛はこのときはじめて合点した。

と、そこへ、仁徳が布にくるんだ氷を大事そうに抱えてあらわれた。

「うぽっぽ、これが何だかわかるか。生首じゃ、うひゃひゃ、敵方の大将首じゃぞ」

「やたらに浮かれておりますな」

「浮かれずにどうする……ほれ、これが大将首じゃ」

布の一部を剝《は》がすと、無色透明のかたまりが垣間見えた。

勘兵衛はおもわず、唾《つば》を呑みこんだ。

真っ裸になり、抱きつきたい気分だ。

勝手場から走ってきた綾乃が氷を受けとり、奥へ運んでゆく。

「うぽっぽ、みたであろう」

「はあ」

「目にしただけでも涼しゅうなる。夏の氷ほど稀少なものはちと浮かばぬわ」

「まことに」

「平安の都人も四つ切りにした氷を鉋で削り、蜜を掛けて食うておった。貧乏人にとってみりゃ夢のようなはなしよ。おぬしには世話になっておるわけではないが、相伴《しょうばん》にあずからせてやる」

「はあ」

「そのまえに、ひとつ断っておくが」

「何ですか、あらたまって」

「床下の土を一丈ばかり掘らせてもらったぞ」

「へ」

「能登屋がお氷さまを貰ってくれと申すのでな、せっかくじゃから、即席の氷室をこさえたのよ」

　ここ数日は真夜中に起きだし、ひとりでせっせと穴を掘っていたらしい。

「まるで、土竜《もぐら》ではないですか」

「おう、そうじゃ。土竜の掘った穴を、あとで見物しに来るがよい」

「勝手なことをされては困りますな」

「ふん、こやつ、偉そうに地主風を吹かせおったわ」

「地代も払わず、そのうえ、地面に穴を掘るとは言語道断。そもそも、ここはお上からお借りした拝領地なのですよ。勝手に氷室なぞつくられては困ります。お上にどう言い訳したらよいのやら」

「黙っておればわからぬわ。些細《ささい》なことではないか」

「深さ一丈もの穴を掘るのが些細なことですかね。しかし、よくもまあ、それだけの力がおありでしたな」

「自分でも驚いておる。人間の執念とは空恐ろしいものでな、鼻先に人参がぶらさがると死に物狂いになるものさ」

「ともかく、十手持ちとしては黙って見過ごせませぬ」

「十手なぞ返上しちまえ。猫に小判、うぽっぽに十手なぞと、小莫迦にされておるのであろう。だったら、さっさと辞めちまえ。おぬしのごとき朴念仁はの、一刻も早《はよ》う隠居するにかぎる。おう、それがいい、明日にでも隠居せい」

勘兵衛が心底から淋しげな表情を泛《うか》べると、仁徳は鼻のしたに皺《しわ》をつくった。言いすぎたとおもったのだ。

「かき氷はまだかのう」

わざとらしく笑いながら、仁徳は奥のほうを覗《のぞ》きこむ。

勝手場からは、かりかりと小気味よく氷を削る音が聞こえてきた。

涼しげな音を聞きつけたのか、銀次が人懐《なつ》っこい顔をさげてあらわれた。

「けっ、すっぽんが来やがった」

仁徳は渋面をつくり、銀次から目を逸らす。

「おや、先生、ご機嫌が芳しくねえご様子で。ははあ、さてはこの暑さのせいだな。たしかに、今年の暑さは尋常じゃねえ」

「莫迦者、暑い暑いと繰りかえすな。なおさら暑うなるではないか」

「ほ、仰るとおりで。それなら、冷たいものを口にしやしょう。冷や水にところてんに金魚掬《すく》い……と、いろいろならべてみたところで、氷にかなうものはなし。うん、やっぱし氷だな、氷、氷、先生、どうです、ちったあ涼しくなりやしたかい」

ちょうどそこに、かき氷が出されてきた。

「あら、すっぽんの親分」

綾乃は屈託なく笑いかけ、陶の器に盛ったかき氷を三杯ぶん置いてゆく。

「こりゃまた、手品でもみせられてるみてえだな。まさか、旦那のお宅でお氷さまの相伴にあずかるたあねえ」

「うるせえ」

と、仁徳が怒鳴った。

「何を怒ってんだろうねえ、この頑固者は。じゃ、ちょいと失礼しやすよ」

銀次は器をひとつ取りあげ、蜜をかけたかき氷に口をつけた。

必死でかっこみ、目を白黒させる。

「うひぇっ、あたまがきんとしやがる。こいつはたまんねえな」

銀次の剽軽《ひょうきん》な口調につられ、仁徳も勘兵衛もかき氷を食いはじめた。

やがて、綾乃もこれにくわわった。

余った氷のかたまりは桶に入れ、みなで触って涼を得る。

「鯉さまも、おいでになりゃよかったのに」

銀次がぽろっとこぼすと、綾乃の目が宙に浮いた。

ひょっとすると、鯉四郎のことをおもっていたのだろうか。

いや、そんなはずはないと自分に言い聞かせた途端、仁徳が合いの手を入れた。

「若僧もそのうち呼んでやるさ、氷はまだいくらでもある」

「いくらでもって……先生、どこにあるんです」

「すっぽんなんぞに教えてたまるか」

仁徳は捨て台詞をのこして去り、綾乃も桶を抱えて追いかけた。

からだの芯まで冷えたところで、勘兵衛が口を開いた。

「ところで銀次、何かわかったのか」

「へい、時蔵の素姓がわかりやした。それが何の因果か、お氷さまと繋《つな》がっておりやしてね」

「ほう」

時蔵は金沢近郊の貧農出だった。健脚を買われて加賀藩の氷飛脚となり、金沢から江戸へ献上氷を運ぶ重責を負っていた。ところが、知りあいの口利きで江戸藩邸の中間長屋に住みつくようになってから、博打《ばくち》にのめりこんで身を持ちくずし、五年前、喧嘩が原因で石川島の人足寄場へ送られた。そして、二年間真面目につとめて放免になったのち、渡り中間として口を糊《のり》するようになった。

「時蔵はむかしの伝手《つて》をたどり、加賀藩の上屋敷にも出入りしておりやした。しかも、氷奉行のもとで氷室守をやらされていたとか」

「氷室守か」

「ね、繋がっておりやすでしょう」

「そうだな」

「時蔵は二十六、若えわりに醒《さ》めたところのある野郎でやした。ところが、中間仲間によりゃ、このところ妙に浮き足だっていやがったとか。きっと女ができたにちげえねえと噂していた直後、殺られちまったてなわけで」

「時蔵は本気で濡れぼとけに惚れておった、そういうことか」

「たぶん」

「で、肝心の濡れぼとけについては」

「皆目、わかりやせん」

神崎猪之助が言ったとおり、濡れぼとけに関する情報はなかった。

だが、銀次は熟練の岡っ引きだけあって鼻が利く。

「へへ、こいつがどうも引《し》っかかるんでさあ」

懐中から取りだしてみせたのは、一枚の読売《よみうり》だった。

「ん、これは」

黒髪を振りみだした娘が、氷柱に抱きついている。

誇張された絵柄だが、娘の顔は真に迫っていた。

「本郷の氷娘か」

「へい、名はおりんだそうで。ひょっとして、濡れぼとけじゃねえかと」

「若すぎるな。神崎がみたのは三十路の女だ」

「夜目に遠目、それに、手拭いで顔を隠していたのでやしょう。年ぐれえはみまちがえても不思議じゃねえ」

「それもそうだな」

「じつは、おりんの居所をつきとめてありやす」

銀次は声をひそめ、片目を瞑《つぶ》ってみせた。

四

夕立があがった。

あたりは、むんとするような湿気につつまれている。

七面坂のてっぺんから西方を見渡せば、彼方に聳《そび》える秩父の峰々は赤く染まり、次第に翳りゆく山際に沿って鷺《さぎ》が一羽飛んでゆく。

「はぐれ鳥か」

勘兵衛は読売に描かれた「氷娘」をもとめ、蛍沢へつづく脇道をすすんだ。

鼻先の細流は飛鳥山南の西ヶ原付近に端を発し、道灌山《どうかんやま》の裾野を蛇行しながら流れてくる。谷中の社寺や武家地の狭間を縫うように、不忍池へ注ぐのだ。

川沿いに紺屋が多いところから、細流は藍染川と名付けられた。

清らかな川からは蜆《しじみ》が採れ、土手の草叢《くさむら》は蛍の名所でもある。ゆえに、蜆川や蛍川などとも呼ばれ、夏は夕暮れから蛍狩りの人影をそこかしこで見掛けた。

すぐそばの宝珠山延命院《えんめいいん》内には、七面大明神を祀《まつ》る社がある。付け火で死罪となった八百屋お七の名付けの由来となった神社らしい。

「七面大明神への願掛けは、七つの鏡と七つの面を奉納して祈ると聞いた。八百屋お七と言えば、信州善光寺の濡れぼとけも、お七の供養地蔵であったな」

「善光寺の濡れぼとけか。なるほど、妙なところで繋がっていやすね」

「絵に描かれた娘が詣でておらぬかどうか、禰宜《ねぎ》に聞いてみてもよかろう」

「へい、承知しやした」

川沿いの道には蛍茶屋と称される季節の茶屋が軒をならべ、団子や水菓子などを売っている。

勘兵衛と銀次の足は、茶屋の端っこにある木賃宿《きちんやど》へむかった。

そこに、おりんが草鞋《わらじ》を脱いでいるというのだ。

江戸に決まった住まいはなく、旅芸人らしいと銀次は言うものの、三味線一本で生計《たつき》が立てられるとはおもえない。父親ほども年の離れた男といっしょにいるとも聞いたが、男にそそのかされて「濡れぼとけ」をやらされているのかもしれなかった。

ともあれ、娘と男に逢うべく、勘兵衛は木賃宿の敷居をまたいだ。

街道筋にある旅籠《はたご》のように、手代や飯盛女がいるわけではない。

板敷きの大部屋には、金の無さそうな連中がごろごろしていた。

近在から荷を背負ってきた行商人、金比羅行人に瞽女《ごぜ》の一行、博徒らしき股旅者もいれば、目つきの鋭い食いつめ浪人もいる。みな、めいめいで居場所を確保し、飯を食いたければ囲炉裏に薪をくべる。

木賃とは薪代のこと、客は安価な泊まり賃を払い、得手勝手に自炊する。風呂もなければ個部屋もない。安いだけが取り柄の宿だが、客同士のあいだには他人に関心を抱いてはならぬという暗黙の定め事があった。

宿帳もちゃんとあり、衝立《ついたて》で仕切られた帳場らしきところに、背の丸まった老婆が置物のように座っている。

銀次が衝立の内へ顔を差しだしても、老婆は驚いた素振りひとつみせなかった。

「手数を掛けるが、宿帳をみせてくれ」

十手を翳《かざ》すと、老婆は黄ばんだ綴帳《つづりちょう》を寄越した。

そのなかに達筆な文字をみつけ、銀次は指差してみせる。

「七助《しちすけ》におりん、こいつだな」

肩書きは「六部《ろくぶ》巡礼」とある。六部とは全国六十六箇所の霊場に法華経を奉じる行脚《あんぎゃ》僧のことで、たいていは仏像を納めた厨子《ずし》を背負っている。抹香臭い肩書きのほうが何かと好都合なので、身分の定まらぬ旅人はよく六部になりすますのだ。

「婆さま、この二人連れはどこにいる」

銀次が小声で囁《ささや》くと、老婆は耳を近づけてきた。

「すまんでのう。耳が遠いもんで何も聞こえん」

「こいつらだよ。ほれ、ここに名が書いてある」

「お役人さま、あたしゃ目もだめなんですよう」

「ちっ」

悪態を吐《つ》く銀次の肩を叩き、勘兵衛は大部屋の片隅に顎《あご》をしゃくった。

年のころなら十八、九の娘が俯《うつむ》き、繕い物をやっている。

氷娘だ。

読売を目にした者なら、すぐにそれとわかるほど似ていた。

七助という男はいない。

娘のそばには厨子が置いてあった。

勘兵衛と銀次は、板間にあがった。

役人に気づいた他の連中が、胡乱《うろん》な眸子をむけてくる。

睨みつけてやると、関わりになるのを怖れて誰もが目を背けた。

「ちょいとすまねえ、おりんさんかい」

尋問役は、銀次に任せてある。

おりんは顔をあげ、真正面からこちらを見据えた。

何か途轍《とてつ》もなく辛い経験をした者にしかできない、怨みと諦めの籠もった眼差しだ。

この娘、濡れぼとけにちがいないと、勘兵衛は直感した。

「おめえ、こいつを目にしたことがあるか」

銀次が読売をみせると、おりんは少し驚いたような顔をした。

「お氷さまに抱きついたな、おめえだな」

おりんは応えず、目を伏せる。

長い睫毛《まつげ》を瞬《しばたた》き、戸惑っている様子だ。

「おめえ、口が利けねえのか」

「いいえ」

「だったら、応えてくれや」

「絵のお方がわたしなら、どうなさると仰るのです」

「心配《しんぺ》えするな、とって食おうってわけじゃねえんだ。どうしてそんな莫迦な真似をしたのか、理由が知りたくてな」

「何もおぼえていないんです。連れが申すには、暑気に当たって自分を見失ったのではないかと」

「連れってのは七助か」

「はい」

「どういう間柄だ」

「父です」

おりんの毅然《きぜん》とした態度を眺め、武家娘だなと勘兵衛は察した。

銀次の目つきは、鋭さを増してゆく。

「宿帳にゃ六部と記されてあったぜ」

「はい」

「嘘を吐くな」

「嘘ではございませぬ。父ともども仏様を彫って他人さまから功徳《くどく》を頂戴し、全国津々浦々の霊場を巡っております。お疑いなら、厨子を開いてご覧にいれましょう」

おりんは馴れた手つきで、厨子の扉を開いた。

鑿《のみ》跡も荒々しい仏像が二体、納まっている。

観世音菩薩《ぼさつ》に勢至《せいし》菩薩、いずれも尺に足りぬ小仏だが、尊顔は福々しく慈愛に盈《み》ち、その神々しさは見る者の胸を打った。

「これは失礼した」

おもわず、勘兵衛が感嘆の声を洩らした。

「七助どのはきっと、名のある仏師にちがいない」

だからといって、濡れぼとけの疑いが晴れたわけではなかった。

二尊仏を見せられ、かえって疑いは深まった。それというのも、江戸庶民から「濡れぼとけ」と呼ばれて崇敬される浅草寺の二尊仏こそ、観音と勢至の両菩薩にほかならぬからだ。

「七助はどこに出掛けた」

銀次に糺《ただ》され、おりんは厨子の扉を閉めた。

「どなたかのご依頼で御屋敷へおもむき、仏様を彫っております」

「ふうん」

「ひとたび彫りだすと、夜も昼も無くなるのです」

いつ帰ってくるのか見当もつかぬと、おりんは涼しい顔で言ってのける。

銀次は粘り腰で、折助の時蔵が殺された晩のことを尋ねようとした。

だが、勘兵衛がやめさせた。

下手に警戒させたくはない。

「邪魔したな」

勘兵衛と銀次は同じ確信を得、木賃宿を出た。

外はすっかり暗くなり、川風が蛍沢を吹きぬけた。

せせらぎを聞きながら目を遣れば、汀の随所に蛍籠を提げた子どもたちが遊んでいる。

蛍籠とは竹の曲げ物に紗《しゃ》の布を張った籠のことで、庭木の枝などに吊って妖しげな光の明滅を楽しむ。

「今晩から張りこみやすか」

「ふむ、そうしよう」

七助という男の顔を目にするまでは、張りこんでもよかろうと、勘兵衛はおもった。

五

打ち水が一服の涼をもたらしてくれる。

撥ね水の一滴がこのうえなく有り難い。

深さ一丈もの穴を掘ったにもかかわらず、仁徳の氷はきれいに溶けてしまった。

即席の氷室など、そう簡単につくれるものではない。

「所詮《しょせん》、氷は氷よ、ふははは」

酔いどれ医者は豪快に笑ってみせたが、腹のなかでは口惜しいにちがいなかった。

ざまあみろ、何やら痛快な気分だ。

「おれもひとがわるい」

勘兵衛はにやりと笑い、日光街道を北西にすすんだ。

八百屋お七に縁のある吉祥寺を通りすぎ、駒込富士を右手に眺めながら御立場へとむかう。

足をむけたさきは、六阿弥陀《あみだ》詣りで知られる無量寺《むりょうじ》だった。

張りこみから三日目の朝を迎えても、七助は木賃宿へもどってこない。

替わりに、おりんが動いた。

銀次の使いで、三平が駈けこんできたのだ。

「旦那、急いで旅支度を」

勘兵衛は、押《お》っとり刀で家を飛びだした。

そして、日光街道をさかのぼり、訪れたのが無量寺の墓所であった。

北は飛鳥山に御殿山、西は西ヶ原村で南は染井村、寺社のそばに藍染川が流れている。

打裂羽織《ぶっさきばおり》を纏《まと》った勘兵衛が到着したとき、墓石のまえでは法要がとりおこなわれていた。

八つ刻とはいえ、陽射しは厳しい。

法要は、法具を手にした住職とおりんだけが墓前に佇む簡素なものだ。

おりんが去り、銀次もその背を追ったあと、勘兵衛は宿坊を訪ねてみた。

「すまぬが、ご住職にお取りつぎ願いたい」

参拝客馴れした小坊主に告げると、広大な庭先から飛鳥山をのぞむことのできる伽藍《がらん》に通された。

「涼しいな」

伽藍を吹きぬける風は、心地よい。

御本尊を拝むことはできないが、護摩壇《ごまだん》に焚《た》かれた香木が安らぎをもたらしてくれる。

旅の疲れが、全身からすうっと抜けてゆくようだ。

座禅を組みつつ微睡《まどろ》んでいると、廊下《ほそどの》のむこうから跫音《あしおと》がゆっくり近づいてくる。

庭木から小鳥が飛びたった。

午後のやわらかな陽光を背にしてあらわれたのは、穏和な顔に都人の品格を宿す高僧である。

蒼剃《あおぞ》りの頭と黄蘗《きはだ》染めの麻衣が涼しげだ。

住職は袂《たもと》をふわりと開いて座り、静かな眼差しをむけてくる。

「ほほう、これはおめずらしい」

「何か」

「あ、いや、失礼いたしました。拙僧には観相の心得が多少ござってな、貴殿の眉間にある黒子《ほくろ》、それは地紋《じもん》と称し、御仏の百毫《びゃくごう》に似たるもの、運気を呼びこむ第三の目にほかなりませぬ。もしや、有卦《うけ》に入《い》って久しいのではござらぬか」

「これといって良いこともありませんよ」

「ふうむ、そうとはおもえぬのだが」

「この黒子、宝の持ち腐れとよく嘲《わら》われます」

「それはひどい」

「なんのそれしき。拙者の綽名《あだな》はうぽっぽ、仲間内では後生楽《ごしょうらく》な役立たずで通っておりましてな」

「うぽっぽですか、それはそれでしっくりくるような気もするが」

住職は飽くこともなく勘兵衛の顔を眺め、ようやく観相をやめた。

「ま、なにはともあれ、この暑いなか、ようお越しくだされた。お役目とは申せ、難儀なことでしたなあ」

「いいえ、わたしは南町奉行所の臨時廻りですから、歩きは馴れております」

「ほう、これはこれは、うっかり道中奉行さまのご配下とおもいこんでしもうた。さようですか、臨時廻りのお役人さまで。王子までは朱引内《しゅびきうち》と聞いてはおりますが、このあたりへ町奉行所《まちかた》のお役人がみえられることは、めったにありませぬものでな」

「同心の数が足りぬゆえ、よほどの大事でもないかぎり、足を運ぶ機会もござらぬ」

「すると、何か大事でも起きましたか」

「いえ」

鋭い突っこみに、勘兵衛はあたまを掻いた。

「無量寺のご住職に嘘を吐いてもしょうがない」

勘兵衛は時蔵殺しの一件を調べているうちに、おりんに行きあたった経緯を正直に語った。

「なるほど、それで、凜《りん》どのの素姓をお知りになりたいと申されるのじゃな」

「はい」

「されば、拙僧が存じておるかぎりのことは教えてつかわそう」

「ありがたい」

「ただし、凜どのを追いつめぬようにお願いいたします。なにせ、まだ十六の娘御じゃからの」

「十六ですか」

ずいぶん大人びてみえたので、勘兵衛はいささか驚いた。

「さよう、今は不幸な身の上じゃが、遠からず禍転じて福となる日も来よう。そうでなければ、神仏の御加護など誰も信じなくなってしまうわい。仏徒の末席に座る拙僧が申すのも何だが、人は死んで極楽へ昇天するのではなく、生きているうちに幸福をつかまねばならぬもの。無論、何をもって幸福とするかは、人それぞれでありましょうがな」

住職によれば、おりんは零落した武家の娘という。

「どのような苦境にあっても動ぜず、凜としていることを願い、父は娘に凜と名付けたと聞きました」

「お待ちを、父親は仏師なのでは」

「いいえ、すでに、父御は鬼籍《きせき》に入られた」

「なんと」

「加賀前田家にお仕えになられた御氷奉行でな、穴水善左衛門《あなみずぜんざえもん》さまと申された」

勘兵衛の目がきらりと光る。

「氷奉行ですか」

「さよう」

七助のことはひとまずおき、勘兵衛は住職のはなしに耳をかたむけた。

おりんの父は、本郷上屋敷の氷室を二十年も管理した人物であった。ところが二年前、将軍家御献上の梅鉢の氷を手桶一杯ぶん溶かしてしまった罪に問われ、腹を切らされた。

「わずか手桶一杯ぶんと侮《あなど》るなかれ、献上氷は加賀前田家の威勢を世にしめすもの。穴水さまの失態は加賀百万石の権威をないがしろにする行為とみなされ、厳しい御沙汰が下されたわけじゃ」

二十有余年の忠勤を慮《おもんぱか》って改易こそ免れたが、おりんは母と兄を相次いで亡くし、天涯孤独の身となった。とどのつまり、穴水家は無嫡改易となり、江戸屋敷を追いだされたおりんは流浪の身とならざるを得なかったのだ。

穴水善左衛門は生前、無量寺に墓をつくった。おりんにとってはそれが唯一の救い、無量寺の墓所だけが心の平安を得られる場所であった。

「すると、墓石には」

「亡くなった三人の名が記されております」

そればかりか、おりん自身の名も彫られ、朱を塗ってある。

「朱を」

「さよう、あの娘にまんがいちのことがあれば、拙僧の手で朱を削りとらねばならぬ」

「もしや、今日は」

「穴水さまのご命日にございます」

「やはり、そうでしたか」

「穴水さまは能登のご出身でな、ご実家のそばには阿弥陀堂がござったそうな。生涯江戸詰めと決まったおり、阿弥陀様を祀るこの無量寺を檀那寺《だんなでら》にお選びいただいた。御氷奉行をおやりのころは、ありがたいことに毎年、お氷さまのお裾分けを頂戴しておりました。穴水さまは温厚で信心深いお方であられたが、かえって優しさが災いしたのやもしれませぬ……あ、いや、お気になされますな。拙僧はちと喋りすぎた。何事につけ余計な邪推は慎まねばならぬ……南無阿弥陀仏、南無阿弥陀仏」

　住職は凶兆でも感じたのか、顔を曇らせた。

「臨時廻りのご同心と申さば、数々の修羅場を踏んだ智恵者のこと。なおかつ、清濁併せのむ器量を兼ねそなえた人物でなければ務まらぬと、かように聞いております。どうか、これだけはおふくみおきくだされ」

「はあ」

「凜どのは、大願成就なりしときは死ぬるつもりやもしれぬ」

「まことですか」

「手前勘ではござりますがの」

「ご坊、大願とは何です」

「それは言えぬ」

穴水の死に言及したい素振りをみせつつも、住職は頑なに口を閉ざした。

埒《らち》が明かず、勘兵衛は話題を変えた。

「さればご住職、七助という男におぼえはござらぬか」

「はて。時に寄せて故人に花を手向《たむ》けるお方は、凜どの以外にもひとりおられるが、はたして、そのお方が七助と名乗る御仁かどうか。本日は穴水さまのご命日なれば、暮れ方にでもお見えになられるやもしれぬ。ご本人に尋ねてみなさるがよい」

「は、そうさせていただきます」

勘兵衛はまだ、七助の顔を知らない。

七助とは誰なのか、なにゆえ、おりんは父親だなどと偽ったのか、是非とも問うてみたかった。

勘兵衛は住職のことばに甘え、夕刻までのひとときを伽藍で過ごさせてもらった。

このあたりは御殿山も近いせいか、土埃《つちぼこり》の舞う江戸市中とちがって空気が澄んでいる。

隠居したら田舎暮らしをするのもいいなと、勘兵衛はおもった。

だが、そのまえに綾乃を嫁がせねばならぬ。面倒がらずに誰か良い相手を探さねばとおもいめぐらすうちに、日没が近づいてきた。

勘兵衛は伽藍を去って墓所に佇み、夕焼け空を仰いだ。

穴水家の墓石にむかうと、住職が言ったとおり、一心に祈りを捧げる男の後ろ姿がある。

墓石に水を掛け、花を手向けたところらしい。

菅笠をかぶっているので、髪型は判然としない。

こちらに肩幅の広い背をむけ、数珠を爪繰りながら念仏を唱えている。

勘兵衛は跫音を忍ばせた。

五間ほどの間尺まで近づいたとき、ふっと念仏が止んだ。

夕陽は沈み、墓所には薄闇が訪れつつある。

山から吹きおろす風は涼やかで、朝からの暑さが嘘のようだ。

「七助か」

声を掛けても、巌《いわ》のような背中は微動だにしない。

ふと、男のことを知っているような気がした。

「おい」

もういちど声を掛けたとき、宿坊のほうから大声で呼ばれた。

「旦那、長尾の旦那」

勘兵衛は振りかえった。

手下の三平が、尻《しり》っ端折《ばしょ》りで駈けてくる。

一瞬の間隙《かんげき》を衝き、菅笠の男は煙と消えた。

どこにもいない。影すらもない。

闇の狭間からあらわれ、闇に溶けてしまったかのようだ。

「旦那、てえへんです」

三平が息を弾ませた。

「娘が拐《かどわ》かされやした」

「なにっ」

加賀藩の上屋敷を面前にした中山道《なかせんどう》との追分で、おりんが大小を差した侍ふたりに拉致《らち》されたというのだ。

「親分があとを跟《つ》けやした」

「たどりついたさきは」

「それが目と鼻のさき」

「まさか、加賀藩邸か」

「へい、通用門から秘かに連れこまれやした」

「困ったな」

相手は加賀百万石、町奉行所の不浄役人ごときが、雄藩の揉め事に介入できるはずもない。

面前で鉄の扉を閉められたようなものだ。

勘兵衛は、がっくり肩を落とした。

六

五日経った。

おりんの安否は不明なままだ。

夜空は霞がかり、望《ぼう》の月は赤い。

勘兵衛は仁王門脇の桟橋から、弁天島の蒼々とした島影を睨んでいる。

赤い月を映す不忍池からは、蛙の合唱が聞こえていた。

「涼み舟が出たのはそのあたりだ」

唐突に声がしたので振りむくと、提灯が近づいてきた。

面灯りに照らされた男の顔があらわになる。

「神崎か」

「姓を呼ぶなと言ったろう」

「面倒臭えな」

「ちょうど今時分さ」

「何が」

「時蔵はここで、女といちゃついておった」

「ふむ、そのはなしは聞いた」

「長尾、袋小路にはまったな」

「わかるか」

「わかるさ、これでも捕り方を三十年も務めた男だ。行きづまったら振りだしにもどる。それが十手持ちのいろはのい、そうであろう」

「ああ」

「時蔵殺しの振りだしはこの桟橋。だから、おぬしはやってきた」

「で、何か用か」

「ひとつ、言い忘れたことがあってな、人足寄場におったときのはなしだ。時蔵はわしに氷奉行のはなしをして聞かせた」

「氷奉行」

「とぼけるな、加賀前田家の氷奉行だよ。時蔵は、そいつにいささか恨みがあると口走っておった。なぜかといえば、役目をなおざりにして博打に興じたことを咎《とが》められ、氷室守の役から外されたからだ」

　時蔵はその直後、むしゃくしゃして派手な喧嘩をやり、肘の内側に×印を刺されて石川島送りとなった。

　誰が聞いても自業自得、ところが、時蔵は氷奉行を逆恨みした。

「娑婆《しゃば》にもどったらかならず、煮え湯を呑ませてやるとほざいておったわ」

「氷奉行の名は」

「穴水善左衛門」

　勘兵衛は、鬢《びん》をぽりぽり掻いた。

「その名、知らぬではない」

「無量寺の住職に聞いたのであろう」

「何でわかる」

「わしも調べたのさ、むかしの同心魂が疼いてな」

「ほう」

「ほかにもある。娑婆に出た時蔵を拾った人物がわかった」

「誰だ」

「知りたいか」

「焦らすなよ」

「和倉《わくら》右近《うこん》。穴水善左衛門を蹴落《けお》として氷奉行になった男だ」

「穴水は手桶一杯ぶんの氷を溶かしてしまい、腹を切らされたと聞いたが」

「ああ、知っておる」

「和倉が穴水をはめたとでも」

「そうした噂はあったらしい。氷奉行は真面目が取り柄なだけの人物が就く閑職だが、やりようによっては私腹を肥やすこともできる。なりたがる者は多かった」

「ふうん」

「時蔵は氷室に詳しい。和倉に請われ、穴水降ろしに一枚嚙《か》まされた。どうやったかは知らぬが、手桶一杯ぶんの氷を溶かすくらいのことは朝飯前であったにちがいない。そうでなければ、説明はつかぬ。時蔵のごとき寄場帰りの半端者が、大手を振って加賀藩の上屋敷へ出入りできるはずはないのだ」

「そのはなしが、時蔵殺しに関わっておるとでも」

「さあな。やはり、金目当ての連中に殺られたのかもしれぬ」

「どっちにしろ、加賀藩内の揉め事が絡んでおるとすれば、町奉行《まちかた》所の出る幕はないな」

「ない。されど、おぬしはあきらめまい」

「なぜわかる」

「長尾勘兵衛は不器用な男さ。乗りかかった舟から降りようとはせぬ。むかしっから、そうだった」

「無理をする年でもないさ」

「ふん、容易《たやす》く変わることのできぬのが人というものよ」

「わしにどうせよと」

「和倉右近を調べろ、手伝ってやる」

「わからんな。十手を捨てたはずの男が、なぜ、そこまで入れこむ」

「さあて、わしにとっても乗りかかった舟、おぬしとわしは呉越同舟というわけさ」

「わけのわからぬことを言いやがる」

勘兵衛は懐中に手を入れ、氷娘の描かれた瓦版を取りだした。

「この読売、みおぼえがあるか」

「ある。たぶん、そいつは時蔵とともに桟橋におった娘だ」

「さらに申せば、穴水善左衛門の愛娘よ。おぬしは三十路と言ったがな、十六の小娘であったわ」

「そのようだな」

神崎は提灯を翳し、読売に描かれた娘をじっと睨んだ。

「哀しい目だ。この娘、途轍もない不幸を抱えこんでおる」

「わかるのか」

「わかる。たとい、この娘が時蔵殺しに絡んでおったにしても、そうせざるを得ない理由があったはずだ」

「されど、いかなる理由があろうとも、殺しは殺し、慈悲の安売りはできぬぞ」

「ふふふ」

「何が可笑しい」

「慈悲の安売りはできぬなどと、似合わぬ台詞を吐くからよ。長尾勘兵衛という男は関わりのないような顔をしながら、いつも裏から誰かに救いの手を差しのべてきた。罪を犯した者でも、情にほだされれば救ってやる。つまり、おぬしは甘っちょろいお節介焼きなのさ。ふっ、わしが知らぬとでもおもったか」

勘兵衛は渋面をつくり、話題を変えた。

「おぬしの娘、十五になったと言うたな」

「ああ、それがどうした」

「おぬし、自分の娘と瓦版の娘を、かさねあわせておるのではないか」

おりんを救うことが、淋しいおもいをさせた一人娘への罪滅ぼしになる。

そんなふうに、神崎は考えているのではないか。

「つゆほども考えておらぬさ」

「さようか」

勘兵衛は、さらに一歩踏みこんだ。

「強がりたい気持ちもわからんではないがな、それでは何の解決にもならぬぞ。おぬしがおもっている以上に、娘は父に逢いたいはず。おもいきって、逢ってみたらどうだ」

「何を莫迦な」

「奥方の美和どのには、いちど晩飯を馳走になったことがある」

「おぼえておる。ふたりで張りこみをつづけた年の瀬だったな」

「爪先まで痺れるほど寒い晩だった。美和どのは兎汁《うさぎじる》をつくっておぬしの帰りを待っていた。その兎汁をわしも相伴にあずかったのよ、あの味は忘れようにも忘れられぬ」

「もうよい。それ以上、詮無いはなしをするな」

「神崎、美和どのが後妻にはいったさきを教えろ」

「知らぬ」

「嘘を吐くな」

「教えたところでどうなる」

「再会させようというのではない。ふたりの様子をみてきてやる」

「いらぬお世話だ。わしのことより、氷奉行を探るのが先決であろう。おりんは拐かされたのであろうが。一刻も早く、救いださねばなるまい」

「なぜ、拐かされたことを知っておるのだ」

「んなことはどうだっていい」

神崎は怒りあげ、勘兵衛を睨みつけた。

風が吹き、池畔の葦叢をざわめかせる。

蛙の合唱は歇《や》み、赤い月は群雲に隠された。

七

仁徳は鼻の下を伸ばし、黒漆地に金箔のほどこされた漆器を愛でている。

今朝方、能登屋の内儀が主人本復の御礼にと、輪島塗の提重一式を携えて挨拶《あいさつ》にきたのだ。

「この内儀がなかなかの美人での、月見草のごとき清らかな佇まいをしておった。年は四十に手が届くかどうか。どことなく憂いがあっての、聞けば後妻であるという。しかも武家出身のおなごじゃ。おそらく、他人に言えぬような苦労を味わってきたのじゃろう。どんな事情があったにせよ、あれだけの縹緻《きりょう》なら、商家の旦那も抛ってはおくまい」

隣で聞いていた綾乃が、つっと立ちあがった。

近所から貰った真桑瓜《まくわうり》でも切りにいったのだろう。

今日は朝から薄曇り、午後になっても晴れそうにない。

暑さが内に籠もっているようで、鬱陶《うっとう》しい気分だった。

それにしても、仁徳はやたらに元気がよい。

「うぽっぽ、ほれ、見ぬか。このお重の塗り、見事であろうが」

「はあ」

「堅牢にして優美、これこそ輪島塗よ、のう。木地も漆も輪島産だそうじゃ」

能登の珪藻土《けいそうど》と漆を混ぜ、塗師《ぬし》たちは木地に百回余りも塗りかさねてゆく。

「仕上げは絵付けじゃ。表面に紋様を刻んで金箔を埋め、蒔絵《まきえ》をほどこす。これが沈金と申す手法でな、何ヶ月もかかってようやく椀がひとつできあがるのよ」

仁徳は内儀から聞きかじったはなしを、滔々《とうとう》と喋りつづけた。

「どうじゃ、大名が欲しがるのも無理はなかろう、のう」

「まことに。ただ」

「何じゃ」

「金瘡医《きんそうい》が漆器を貰ったところで、屁の足しにもなりますまい」

「何じゃと」

「それこそ、宝の持ち腐れでしょう」

「ふうむ、そりゃまあそうだが」

と納得しつつ、仁徳は勘兵衛の耳を引っぱった。

「おぬしにくれてやってもよいぞ。綾乃の嫁入り道具にいたせ」

「それはありがたいですな」

「むふふ」

仁徳は意味ありげに笑い、右手を差しだした。

「何ですか」

「くれるというても、ただではやらん」

「へ」

「三両でどうじゃ」

「冗談じゃない。そんな金はありませんよ」

「おぬし、綾乃のことが可愛くないのか」

「それとこれとは別のはなし。さ、お引きとりはあちら」

「ふん」

仁徳は鼻を鳴らし、腰をあげかけた。

その瞬間、脳裏に閃《ひらめ》いたことがあった。

「お待ちを」

「何じゃ。行けだの待てだの、人を虚仮《こけ》にしよって」

「能登屋は、加賀藩邸へ出入りできる身分でしたな」

「御用達じゃからの」

「しかも、氷奉行とも縁がある」

「おおかた、黄金餅をたらふく食わせておるのじゃろうて」

「ひとつ、繋ぎを取ってもらえませんか」

「んなものは呼びつければすぐに来るわ」

「文をしたためていただければ結構です。こちらから伺いますから」

「面倒じゃな。ま、ほかならぬうぽっぽの頼み、仕方あるまい」

「お願いできますか」

「おう」

　にやりと笑い、仁徳は右手を差しだした。

「何ですか」

「文代じゃ。三両とはいわぬ、一朱でよい」

「けっ」

　――強突張りめ。

　勘兵衛は咽喉まで出かかった台詞を呑みこみ、袖のなかに手を突っこんだ。

　夕刻、空は一段と曇ってきた。

　大抜けの雨にでもなればよい。

そうなれば、乾ききった江戸の町も少しは潤う。

能登屋は枳殻寺《からたちでら》として知られる麟祥院《りんしょういん》の南、春木町三丁目の一角にあった。何のことはない、春日局の菩提寺でもある麟祥院のむこうには、加賀藩邸の豪壮な甍《いらか》が連なっている。

勘兵衛は間口の広い敷居をまたぎ、丁稚小僧に用件を告げた。

すると、運良く主人の茂兵衛がおり、応対にあらわれた。

仁徳の紹介状をみせると、下にも置かぬ態度で手を取られ、長い廊下を渡って座敷へ案内される。

部屋からのぞむ中庭には、山梔子《くちなし》の白い花が芳香をただよわせていた。

茂兵衛は人当たりの良い小太りの五十男、病みあがりにしては膚の色艶も良い。

「仁徳先生に腹を切っていただいたのが、かえって幸いしたのかもしれませぬ。なにせ、肥えた猪豚《いのぶた》がこのとおり、好い加減に萎《しぼ》みました。ぬほほ」

軽快に笑いつつ、茂兵衛は腹をさすってみせる。

「八丁堀へ足を延ばすことなど、そうあることではないのですが、手前どもに関わりのある塗師が喧嘩沙汰をおこしましてな。それを八方丸くおさめていただいた吟味方の与力さまに御礼方々まいったところが、地蔵橋のたもとで腹痛に襲われて」

「わがほうへ担ぎこまれた」

「はい。仁徳先生には、どれだけ感謝してもしたりませぬ。何よりもありがたいのは、大笑いしても傷に響かぬようになったこと、あは、あはは……はい、このとおり」

「ふむ、それはよかった」

「ところで、本日はどのようなご用件で」

「じつは、ちと厄介なことを頼みたい」

「厄介なこと」

「氷奉行の和倉右近さまをご存じであられよう」

「七日にいちどは、ご機嫌伺いしておりますよ」

「それは好都合、何とか会わせてもらえぬだろうか」

「和倉さまと。ふうむ、なれば宴席でも設けましょうか」

「できようかな」

「ええ、手前の申し出ならお受けいただけましょう。されど、なにゆえ」

「詳しいことは申せぬ。ただ、どうしても和倉さまにお伝えせねばならぬことがある」

「お上のご用事で」

「御奉行直々の命よ。和倉さまのお命にも関わることゆえ、直にお伝えしたいのだ」

「それならば、急がれたほうがよろしいでしょう。たまさか、明朝一番でご挨拶に伺います。明晩にでもお会いになられたらいかがですか。ご自身のお命に関わることならば、何をさておいてもお会いになられるに相違ない」

「ありがたい。では、明晩の件はくれぐれも口外無きよう、ご本人にもお伝え願いたい」

「かしこまりました」

ぺこりと頭をさげる茂兵衛にむかい、勘兵衛は秘かに詫《わ》びた。

場合によっては、多大な迷惑を掛けるかもしれない。

人の良さそうな男だけに、騙したくはなかった。

が、この際、背に腹は代えられない。

どのような伝手をたどっても、和倉右近に会わねばならぬ。

おりんの安否を知る手だては、ほかにないのだ。

はなしが一段落すると、十五、六の可憐な娘が酒肴を運んできた。

「ご主人、お気遣いなく。もう用事は済んだ、お暇《いとま》せねばならぬ」

「何を仰います。仁徳先生とご親密な長尾さまを、手ぶらでお返しするわけにはまいりませぬ。どうか、ご遠慮なされませぬよう」

「されば、おことばに甘えて一杯だけ」

「ご紹介いたしましょう、それは手前の娘です」

固い蕾《つぼみ》がようやくほころびはじめたあたりか。みずからを「猪豚」と卑下する能登屋とは似ても似つかぬ美しい娘だ。

「連れ子なのですよ」

誰もが抱く懸念を振りはらうように、茂兵衛は顎を迫りだした。

「ほれ、美紀、何をぼやぼやしておる。長尾さまにお注ぎしなさい」

「はい」

娘はぽっと頬を赤らめ、馴れない仕種で銚子をかたむける。

盃をもつ勘兵衛の手が、わずかに震えた。

「そなた……美紀と申すのか」

憂いをふくんだ薄い瞳は、あきらかに父親譲りだ。

これも因縁か。

なみなみと注がれた諸白《もろはく》を、勘兵衛はひと息に呷《あお》った。

八

宴席は酉《とり》の六つ半より、深川の二軒茶屋でおこなわれた。

二軒茶屋は永代寺門前にある著名な茶屋で、大名の留守居役が商人などに接待されるところだ。町奉行所の同心風情が顔を出すところではなく、勘兵衛にとっては居心地が悪すぎる。

能登屋の配慮で設定された奥座敷には、三人の男が蝶足膳《ちょうあしぜん》をまえに座っていた。

床の間を背にした狐顔の男が氷奉行の和倉右近、そのかたわらに酌役で侍《はべ》るのが能登屋茂兵衛、勘兵衛のすがたは下座にある。

和倉の連れてきた用人ふたりは、別室に控えていた。物腰から推すと、かなりの手練《てだ》れだ。一方、勘兵衛のほうは、末吉鯉四郎と銀次が茶屋の外で様子を窺《うかが》っていた。何かあれば、すぐに動けるように待機させたのだ。

「まずは一献」

辰巳芸者と賑《にぎ》やかしの幇間《ほうかん》は、呼べばすぐにでもやってくる。

茂兵衛が音頭をとった。

宴会気分に浸るまえに、大事な用件を済ませておこうというわけだ。

「長尾どのと申されたな」

和倉は盃をくっと呷り、慎重に口火を切った。

「能登屋によれば、南町奉行根岸肥前守さま直々のお言付けがあるとか」

「いかにも、さようにござります」

勘兵衛が膳を除けて平伏すると、和倉は左手に握った扇子をさした。

「堅苦しい挨拶は抜きにいたそう。さっそく、お言付けを伺いたい」

「は」

勘兵衛は懐中に手を差しいれ、巻紙を取りだした。

膝を乗りだす和倉を意識しながら、仰々しく文面を読みはじめる。

「先般、御老中牧野備前守さまより、目安箱の訴状につき内偵のこと、内々にご指示これあり。右訴状は加賀百万石の身代にも関わることゆえ、くれぐれも口外無きよう。訴人は前氷奉行穴水善左衛門縁の者、過ぐる年、穴水善左衛門は役目のうえでの過失ゆえに切腹を仰せつかり、相果て候。しかれども、右議につき、いささか疑わしき点あり。不忍池にて惨死せる小者時蔵、生前の証言によれば、すべては現氷奉行和倉右近の企てし謀《はかりごと》とのこと……献上氷を溶かせしはもってのほか、お上を愚弄《ぐろう》せし大罪にして、真実なれば捨ておくべからず。本来なれば、大目付の探索に委ねるべきところなれども、先様《さきさま》は外様筆頭の雄藩にて事を荒立てるは短慮、町奉行所の内偵なれば融通も利くゆえ、本件に関わりのありし者双方に糺し、訴状真偽のほどを解明いたすべし」

じっと耳をかたむける氷奉行の顔が、みるみるうちに蒼褪《あおざ》めていった。

茂兵衛などは顎をがくがく震わせている。

ここはひとつ、たたみかける必要があろう。

相手に疑いを抱く余裕を与えてはならぬ。

勘兵衛は奉書紙を巻き、恭《うやうや》しく懐中に仕舞った。

「御奉行は案じておられます。長年のご経験から、訴状が謂われなき中傷であることは明々白々と申されました」

「おう、さように申されたか」

「はい、和倉さまにおかれましても、一笑に付される内容に相違ないとも」

「ほうほう」

「加賀百万石のいやしくも奉行と名のつく責を任《にな》われる人物が、かように稚拙な謀を企てるはずがない。ここはひとつ、訴状の主を捜しだし、すみやかに処罰せねばなるまいと申されます」

「ふんふん」

「されど、肝心の訴人が煙と消えてなくなり、ほとほと困っております」

「訴人とは、いったい誰じゃ」

「穴水善左衛門が娘、凛にござります」

「凛のう」

狐は狡猾《こうかつ》にも、とぼけてみせる。

勘兵衛はしかし、動揺を見抜いていた。

「谷中蛍沢の木賃宿に潜伏しておると聞き、さっそくおもむいたところ、蛻の殻にござりました。御奉行にご報告申しあげたところ、たいそうお困りのご様子で」

「なぜじゃ」

「御老中直々のご指示ゆえ、双方の主張を聞いたうえで手だてを講じねばならぬ。と、申しましても、型どおりの吟味でござる。身分も定まらぬ小娘と氷奉行であらせられる和倉さまの訴え、双方ならべてどちらを取りあげるかはわかりきったこと」

「ふむ、されば、凛とか申す娘が長尾どののもとへ参じれば、事は解決いたすわけだな」

「御《ぎょ》意《い》、一件落着にござります」

「さようか」

和倉は口をへの字に曲げ、じっと考えこんだ。

勘兵衛は能登屋にむきなおり、微笑んでみせる。

「ご主人、すまぬが、席を外してもらえまいか」

「へ、へえ」

宴席代もすべて持たせたので、申し訳ない気もする。

しかし、ここからさきのはなしを聞かれたくはない。

能登屋はすごすご退きさがった。

勘兵衛は声を押し殺す。

「御氷奉行さま、いかがなされましたか」

「ふむ、もしよろしければ、当藩の者も追っ手に繰りだし、娘の行方を捜させよう。同郷でもあるゆえ、小娘の潜伏しそうな場所を存じおるやもしれぬ」

「ありがたい、そうしていただけると手間が省けます」

「期限は」

「は、それでは明後日の夕刻、無量寺の墓所というのはいかがでしょう」

「無量寺とは、駒込のさきの」

「はい、江戸からなるべく離れた場所のほうがよろしかろうかと」

「それもそうだな」

「娘をお連れいただければ、その場で縄打って進ぜましょう。なあに、亀甲に縛られた惨めな恰好で街道を歩めば、もはや罪人も同然、いかなる言い訳も通用いたしませぬわい」

「肥前守さまは、吟味無しに裁くと申すのか」

「ま、そういうことになりましょう」

勘兵衛は、にたりと意味ありげに笑った。

とっておきの笑み、悪党にしか通用しない顔だ。

「和倉さま、手前はご覧のとおり、吹けばとぶような臨時廻りにござります」

「ふん、そのようじゃな」

「隠居後は、悠々自適に暮らしとうござります」

「金か」

「盆暮れの二度、心付け程度の金馬代でよろしゅうござります」

「ふん、よかろう」

「されば、証文をいただけませぬか」

「証文とな」

「いかにも、口約束は信用できませぬゆえ」

「不浄役人め、しっかりしておるわい」

勘兵衛はあらかじめ用意しておいた奉書紙を差しだし、矢立を貸してやった。

和倉は奉書紙にざっと目を通し、莫迦にしたように鼻を鳴らす。

紙面の右隅には「長尾勘兵衛殿」と記され、簡潔に「むこう十年のあいだ、右の者に盆暮れの金馬代を下げ渡すこと、約定いたす」とだけ記され、あとは空白だけがあった。

「左隅に本日の日付とお役職、ご姓名を明記していただきたく」

「あいわかった」

和倉はさらさら筆を走らせ、奉書紙を抛りなげた。

「よいのか、これで」

「花押もよろしく」

勘兵衛は膝ですすみ、奉書紙を恭しく差しだすや、まんまと花押を書かせた。

「ありがたき幸せに存じまする」

「むふふ、おぬしもそうとうな悪党《ワル》よのう」

「それほどでもござりませぬ」

獲物は餌に食いついた。あとは仕上げをご覧《ろう》じろ。

勘兵衛は畳に額を擦りつけ、平蜘蛛《ひらぐも》のように伏してみせた。

九

水無月、大暑。

三伏《さんぷく》の炎天は、極まった観がある。

午過ぎまでは、立っているだけで朦朧《もうろう》とするほどの暑さだった。

ようやく人心地がついたのは、夕の七つを過ぎたあたりからだ。

江戸では夏祭りが盛りを迎え、捕り方はみな、祭りの警邏《けいら》に駆りだされた。

わざわざ、飛鳥山の近くまで足を延ばす臨時廻りなどおるまい。

勘兵衛は鯉四郎と銀次を伴い、無量寺へむかった。

仁王門脇の桟橋で会って以来、神崎猪之助のことは避けている。十手を返上した者を巻きこみたくはなかった。それに、神崎を連れてきたら、何か良からぬことが起きそうな気がしていた。

無量寺の住職には、すでに事情をはなしてある。

墓所には人影もなく、夕陽を背にした墓石の影が地面に長々と伸びていた。

加賀藩氷奉行和倉右近は、二軒茶屋に伴った用人ふたりをしたがえ、法仙寺駕籠《かご》であらわれた。これとは別に粗末な辻駕籠が一挺《ちょう》、最後尾からつづいた。

辻駕籠には、痩《や》せほそったおりんが乗っていた。

逃げる力は奪われてしまったかのようだ。

が、生きているだけでも儲《もう》けものと考えねばなるまい。

和倉はこの暑いのに頭巾も取らず、勘兵衛のもとへ歩みよった。

おりんは駕籠からおろされ、用人どもに引きずられてきた。

「長尾勘兵衛、約定どおり、娘を連れてまいったぞ」

「これはどうも」

「ほれ」

和倉が顎をしゃくると、用人のひとりがおりんを地べたに這《は》いつくばらせた。

鯉四郎と銀次が、のっそり近づいてゆく。

「手っ取り早く、娘に縄を打たせろ」

頭巾のしたから、くぐもった声が聞こえた。

「そのまえに、ひとつお尋ねしたい」

「何じゃ」

「その痩せた娘が凜であるという証しはござりましょうや」

「疑うのか。これにあるは穴水善左衛門が娘、凜じゃ」

「されば、娘に訴状の一件を糺していただきたい」

「よかろう」

和倉はおりんのもとに大股で近づき、裾をたくしあげて屈んだ。

太い指を伸ばし、脆弱《ぜいじゃく》そうな娘の顎を引きあげる。

刹那、おりんにぺっと唾を吐きかけられた。

「ぬっ、こやつめ」

和倉は激昂《げっこう》しながら、眸子を擦った。

立ちあがるなり、おりんを蹴倒してみせる。

「えいっ……こうしてくれる、こうしてくれる」

頭巾をかなぐり捨て、娘の胸や腹のあたりを踏みつけた。

骨の軋む音を聞きながらも、勘兵衛は表情ひとつ変えない。

「御氷奉行どの、気が済みましたかな」

「ん……まあな」

「どうやら、その娘、目安箱の一件は知らぬようですな」

「なぜわかる」

「最初から訴状などはございません。にもかかわらず、和倉さまはあると信じた。信じるに足るだけの理由があったということでしょう」

「そなた、何を申しておる」

「無量寺へお呼びたて申しあげた理由、それをお教えいたしましょう。背にある墓石の銘をお読みくだされ」

和倉は振りむき、金縛りにあったように固まった。

「あ、穴水……ぜ、善左衛門の墓か」

「いかにも。墓所には浮かばれぬ者たちの怨念が渦巻いております」

「戯《ざ》れ言《ごと》を抜かすな」

「黙らっしゃい」

頭ごなしに大喝すると、氷奉行は腰を抜かしかけた。

用人どもは大刀の柄《つか》に手を掛け、低く身構えている。

鯉四郎と銀次は、おりんを庇《かば》うように位置取った。

微笑仏と呼ばれる勘兵衛の顔が、不動明王の形相に変わった。

「和倉右近、てめえは甘《あめ》え汁を吸いてえばっかりに、穴水善左衛門を罠《わな》に塡めた。時蔵とかいう半端者を使って、手桶一杯ぶんの氷を溶かさせたんだろう。てめえのせいで穴水家は断絶、十四の凜は天涯孤独になっちまった。ちがうとは言わせねえぜ、え、どうなんだ」

「て、手前勘でものを申すな」

　渦巻く怨念に恐れをなし、和倉は息も絶え絶えになった。

　用人ふたりは斬りかかるべきか否か、様子を窺っている。

　面前には、鯉四郎の巨体が壁となって立ちはだかっていた。

　勘兵衛は懐中に手を突っこみ、奉書紙を取りだしてみせた。

「証しも無しに雄藩の奉行を捕らえるほど、わしも莫迦ではない。ほれ、証しはここにある。おぬしが姓名を記した口書きさ、花押もあるぞ」

「なに」

　紙面の右隅には「長尾勘兵衛殿」とあり、簡潔に「むこう十年のあいだ、右の者に盆暮れの金馬代を下げ渡すこと、約定いたす」と記されている。それ以外は空白のはずだが、なぜか、穴水を謀った経緯が記され、左端には和倉右近の姓名と花押が確認された。

「右隅を断てば、立派な口書きになる。いくら足掻《あが》いても、おぬしは極刑を免れまい」

　もっとも、裁くのは町奉行所ではない。加賀百万石が体面を潰さぬよう、隠密裡に和倉を処断してくれることだろう。

「罠に嵌めたな」

「おぬしにそれは言えぬはずだ」

「ふん、不浄役人め。ここでおぬしらを斬れば済むはなしよ」

「できるかな」

和倉は後じさりしながら、用人たちにむかって怒鳴りあげた。

「何をしておる。あやつを斬れ、斬りすてい」

「とあっ」

ひとりが動いた。

大刀を鞘走《さやばし》らせた瞬間、鯉四郎に小手打ちを食らった。

峰打ちだが、甲の骨は折れている。

「うぬ……ぐぐ」

蹲る朋輩のすがたを目の当たりにし、別のひとりは石のように固まった。

もはや、牙を抜かれた山狗《やまいぬ》もおなじ、飼い主の怒声に耳をふさいでいる。

「くそっ」

和倉が抜いた。

刃こぼれひとつない本身が煌《きら》めいた。

勘兵衛は背中の十手を抜き、毛臑《けずね》を剥いて躙《にじ》りよる。

「和倉右近、刀を捨てよ。さもなくば、痛い目に遭うぞ」

「黙れ、不浄役人め」

和倉は八相から、肩口を狙って斬りつけてきた。

勘兵衛は素早く懐中へ飛びこみ、十手を叩きつけた。

「ぐひぇっ」

粗朶《そだ》を折るような音とともに、肋骨《あばら》が折れた。

和倉はその場にへたりこみ、呻くこともできない。

勘兵衛は十手を帯に差し、氷奉行に早縄を打った。

「縛ったほうが痛みもやわらぐ。ありがたくおもうがよい」

亀甲に縛られた惨めなすがたで街道を歩めば、もはや罪人も同然、いかなる言い訳も通用しない。

だが、藩の体面を汚さぬよう、勘兵衛はあくまでも隠密裡に事を運ぶつもりだ。

さて、のこるはおりんの裁きとなったが、時蔵殺しの真相を暴くには、役者をもうひとり捕まえねばならぬ。

むしろ、その人物こそが裁かれねばなるまい。

十

三日後の夕暮れ、すっかり元気を取りもどしたおりんに連れられ、勘兵衛は銀次ともども七面坂をのぼった。

むかったさきは蛍沢の木賃宿ではなく、七面大明神の祀られた宝珠山延命院であった。

境内には注連縄《しめなわ》の張られた御神木が屹立《きつりつ》している。

樹齢五百年ともいわれる椎《しい》の木だ。

宿坊は静まりかえり、荒廃が著しい。

檀家離れが激しく、寄進も集まらないのだという。

延命院は日蓮宗の寺院、家光の側室三沢局《みさわのつぼね》（四代将軍家綱《いえつな》の生母）の安産を祈念して建立された。将軍家縁の寺として大奥からも参詣者が大勢訪れたが、二年前の享和《きょうわ》三年夏、寺社奉行の内偵により住職の不埒《ふらち》な行いが発覚した。

住職が死罪となって以来、寺を訪れる者とて少なく、荒廃の一途をたどっているのである。なかでも「お化け屋敷」と怖れられる七面堂の周囲にはぺんぺん草が生え、めったなことでは誰も寄りつこうとしない。

ところが、おりんは何の躊躇《ちゅうちょ》もなく、崩れかけた堂宇の入口へ足をむけた。

「ふうん、こいつが生臭坊主の濡れ御殿か」

銀次は、めずらしそうに堂宇を仰ぎみた。

「旦那、日道《にちどう》って住職をご存じですかい」

「市中引きまわしのとき、顔をみたおぼえがある」

「役者あがりの色坊主と、言われるだけのことはあったでしょう」

「忘れたな、もう二年前のはなしだ」

日道と関係を結んだ女性は五十有余におよび、大奥や御三家の御殿女中も多数ふくまれていた。ところが、大奥には何のお咎めもなく、尾張藩の奥向若年寄を筆頭に女中七人だけが死罪となった。

僧職者の淫行としては、稀にみるほどの規模になった出来事である。

日道は子を孕《はら》んだ女中の堕胎《だたい》もおこなっており、人倫に悖《もと》ると痛烈な非難を浴びたが、そうした行為が連日のように繰りひろげられた場所こそ、七面堂であったと囁かれている。

寺社奉行の目を欺くため、堂宇のなかにはからくり部屋がいくつも設けられ、迷路のような地下道をたどると、寺社の裏手へ逃れることができた。迷路の出口が厠《かわや》のそばにあったので臭くてたまらず、面倒事を頼まれたときに使う「七面堂臭い」という言いまわしまで流行《はや》った。

「黴《かび》臭えな」

銀次は吐きすて、手燭《てしょく》に灯を入れた。

薄暗い内部が照らしだされると、勘兵衛はぎょっとして身構えた。

柱や壁は朽ち、床には青黴がびっしり生えている。仏像や法具を狙った盗人《ぬすっと》でも二の足を踏むところだ。

「おりん、このなかに人はおらぬぞ」

勘兵衛が蜘蛛の巣を分けながら糺すと、おりんは伽藍の一隅を指した。

「地下に洞窟がござります」

「ほう、そこに七助がおるのか」

「はい」

おりんによれば、七助は何日も七面堂の地下に籠もり、仏像を彫っているのだという。

「彫るとすれば、菩薩であろうか」

勘兵衛は、木賃宿で目にした粗彫りの二尊仏を頭に浮かべた。

浅草寺の濡れ仏としても有名な観世音と勢至の二菩薩である。

洞窟への階段《きざはし》は予想以上に長く、奈落の底へ通じているような錯覚をおぼえた。

手燭は銀次からおりんの手に渡り、三人は黙々と下りてゆく。

「旦那、ひんやりとしてきやしたぜ」

銀次が、ぶるっと肩を震わせた。

熱しきった外気が嘘のように、地下は肌寒いほどだ。

「でけえ氷室だな、こりゃ」

銀次の口から何気なく漏れた台詞に、勘兵衛ははっとした。

「そうか、氷室なのか」

おりんが、すっと手燭を持ちあげた。

「このさきです」

階段を下りきると、壁面はごつごつとした岩盤になりかわり、足もとには地下水が滲《し》みだしていた。まるで、渓谷の裂け目にできた洞窟のようでもある。

――かんかんかん。

耳を澄ますと、鎚音《つちおと》が聞こえてきた。

七助と名乗る男は、今も仏像を彫っているのだ。

「失礼いたします」

おりんが声を掛けた。

目に飛びこんできたのは、岩棚に囲まれた吹きぬけの空洞である。

「おおお」

勘兵衛は海老反りに仰《の》けぞった。

結跏趺坐《けっかふざ》した仏像が、空洞全体に豊穣の光を放っている。

無明《むみょう》の現世をあまねく照らすという阿弥陀如来の無量光、眩《まばゆ》いばかりの光芒《こうぼう》に眸子を射貫かれたのだ。

「南無阿弥陀仏、南無阿弥陀仏……」

銀次は両手を合わせ、必死に祈りを捧げている。

仏像は一体ではなかった。

慈悲をつかさどる観世音菩薩、智恵をつかさどる勢至菩薩、二尊仏を脇侍《きょうじ》にしたがえた阿弥陀如来が中央に超然と座していた。

しかも、三体ともに透明なのだ。

「氷か」

勘兵衛は、惚《ほう》けた顔でつぶやいた。

「え」

銀次が身を乗りだす。

「たまげた、氷の仏様じゃねえか」

遥かな高みから、一条の光が射しこんでいた。

人の魂魄《こんぱく》を極楽浄土へと導く陽光であろうか。

氷の三尊仏は、強烈な西陽を乱反射させている。

鑿と鎚を握る男は、肩幅の広いがっしりした背中をこちらにむけていた。

巌のように動かず、じっと様子を窺っているやにみえる。

まちがいない、穴水善左衛門の墓前に花を手向けていた背中だ。

七助という男の正体を、すでに、勘兵衛は見破っていた。

「凜さま、できましたぞ」

男は鑿と鎚を抛り、誰に語るともなく、背中で語りはじめた。

「拙者は墨を刺されて人足寄場に送られ、娑婆に出てからも世を儚《はかな》んでおりましたが、縁あって穴水さまのもとへ中間奉公させていただくことになりました。御父上には慈悲深き心をもって接していただき、そのおかげで拙者は救われたのです。このお方のためなら命も投げだそうと、覚悟を決めたのでござります」

そうしたおり、不幸が起きた。

「和倉右近の策謀によって、御父上は詰め腹を切らされた。奥方様もご継嗣の兄君も後を追うように亡くなられた。この不幸をば、指をくわえて見過ごすことができましょうや」

「もうよかろう、こっちをむけ」

勘兵衛が、巌のような背中に語りかけた。

男が太い首を捻りかえす。

神崎猪之助であった。

神崎がほんとうに人足寄場で時蔵と知りあっていたのかどうかは、この際、たいしたことではない。ともかく、世間から捨てられたも同然だった神崎は、穴水善左衛門に拾われた。穴水のことが神様のようにおもわれたことだろう。恩人を罠に塡めた時蔵を殺すことくらい、神崎にとっては何でもなかった。ほんとうなら、和倉右近も手に掛けたかったにちがいない。

「凜さま、傷心の貴方を人外の道へ誘った責はこの身が負わねばなりませぬ。たとい、今生の恨みを晴らすことができたとて、尊い方々が常世《とこよ》から舞いもどるわけでもなし。詮無きこととは知りつつも、敵討ちをと考えました。せめて、因縁の氷に三尊仏を刻みこみ、供養といたそうと願ったのでござります」

おりんは涙を怺《こら》え、声を搾りだした。

「阿弥陀様は父、菩薩様は母と兄なのですね」

「いかにも」

氷のせいで命を落とした父、母、兄を供養するには、氷で仏をつくらねばならぬ。

何の根拠もないことだが、おりんにも納得はできた。

七助に仏を彫らせるため、無謀なこととは知りつつも、時蔵を騙し、加賀藩邸の氷室から「お氷さま」を盗ませたのだ。

勘兵衛はふたたび、三尊仏を拝んだ。

氷の一隅が西陽に溶けはじめている。

「溶けてしまうのか」

文字どおり、三尊仏は「濡れぼとけ」となって消滅する運命にあった。

だが、氷は溶けても、逝った者たちへのおもいはのこる。

「神崎よ、やはりおぬしが七助であったな」

「気づいておったのか」

「無量寺でおぬしの背中をみたときからな。胸の裡《うち》では、おぬしでないことを祈っておった」

「わかっておるわ、ほれ」

神崎は立ちあがり、両腕を交叉して突きだした。

「時蔵を殺ったのはわしだ。ほれ、縄を掛けろ」

「お待ちください」

おりんの目から、大粒の涙が溢《あふ》れた。

「わたくしも同罪にござります。どうぞ、ご存分に」

「ま、縄はいつでも掛けられる。ともかく、ここを出よう」

項垂《うなだ》れるおりんと神崎を伴い、銀次を先頭に立てて高みをめざした。

足が鉛のように重い。みな、おなじだろう。

ただし、勘兵衛は一縷《いちる》の望みを繋いでいた。

この七面堂から逃れたら、阿弥陀如来が希望の光を照らしてくれるのではないか。

日没は近い。

四人はひんやりとした氷室から、蒸し暑い地上へ這いあがった。

西の空を仰げば筋雲は茜《あかね》に染まり、嘴太鴉《はしぶとがらす》の群れが飛んでいる。

わずかな時が流れた。

参道のむこうに、人影が三つあらわれた。

苔生《こけむ》した石段を登って、ゆっくり近づいてくる。

絽羽織を纏った先頭の男は、末吉鯉四郎である。

「ほ、連れてきよった」

勘兵衛の顔が、ぱっと輝いた。

「おうい」

手をあげて応じる鯉四郎の背中には、ふたりの女が俯き加減で従っている。

ひとりは四十の手前、もうひとりはまだ十五、六、商家の母娘であろう。

「うぬっ」

神崎が低く唸った。

勘兵衛はすたすた歩みより、その肩をぽんと叩く。

「おぬしの妻と娘だ。逢いたくなければ来なくてもよいと言付けておいた。ところが、ふたりはやってきた。神崎猪之助に逢いたくてやってきたのだ」

「くっ……余計なことを」

「能登屋の主人は心の広いお方だ。事情を知り、快くふたりを送りだしてくれたにちがいない。神崎よ、おぬしは捨てられたのではないぞ。おぬしにその気があれば、娘にはいつだって会える」

神崎は俯いたまま、顔もあげられない。

「父上」

娘の美紀が、たまらずに叫んだ。

弾むように、参道を駈けてくる。

母の美和は鯉四郎の隣に佇み、袂で目頭を押さえている。

「おりんの言ったとおりだ。神崎、おぬしに縄を打てば、おりんにも縄を打たなきゃならねえ。そいつはちと勘弁だ、十六やそこいらの小娘を土壇《どだん》へ送りたかねえ。そんなことをしたら、寝覚めがわるくてしょうがねえや」

「長尾……すまぬ」

「謝られても困る、おめえはおりんを養わなくちゃならねえんだ。知ってのとおり、世間の風は帳外者にゃ冷てえ。あっさり死んじまったほうが、どれだけ楽なことか。生きぬくほうがしんどいってことは、おめえもようくわかっているはずだ……おっと、喋りすぎたな。ほれ、おめえの娘が待ちくたびれておる」

「長尾」

「行け、抱いてやれ」

神崎は大股で歩みより、有無をいわせず、娘の肩を抱きよせた。

銀次とおりんが、貰い泣きをしている。

美和が遠くから、勘兵衛にむかって深々と頭をさげた。

「少しばかり、窶《やつ》れちまったか」

だが、整った容姿は、五年前とほとんど変わっていない。

馳走になった兎汁の味、あの味は忘れようにも忘れられぬ。

「縄なんぞ打てるか、莫迦たれ」

勘兵衛は、神崎の背中に怒鳴りつけた。

陽は落ちて、地上の影が闇に呑みこまれてゆく。

父と娘に母がくわわり、三人はいつまでも無言で抱きあっていた。

月のみさき

一

文月《ふづき》十五夜、盂蘭盆会《うらぼんえ》。
軒にぶらさがった切子《きりこ》燈籠《どうろう》が、風もないのに揺れている。
かたかた、かたかた。
さては、祖霊の仕業か。
迎えてくれる家とてない哀れな霊が、露地裏を彷徨《さまよ》っているのだろう。
「死ねばわたしも、ああなっちまうのか」
いや、この世に未練を遺したくても、それすらできそうにない。
女は提灯掛横丁を西から東へ突っきり、ふらりと右手へ折れた。

辻の暗がりに人影はない。盆の月が足許を皓々《こうこう》と照らしている。

甲高の白い足だ。女は髪を輪なし天神に結い、子持ち縞《じま》の洒落《しゃれ》た着物の抜き襟から緋襦《ひじゅ》袢《ばん》をのぞかせていた。堅気ではなかろう。かといって、男とみればくわえこもうとする商売女でもなさそうだ。化粧は薄く、目鼻立ちは整っており、四十年増にしてはずいぶん若くみえる。

「それにしても」

なぜ、こんなところを歩んでいるのか、自分でもわからない。

死にたいとおもい、気づいてみたら足をむけていた。

――八丁堀。

盗人《ぬすっと》が近づいてはいけないところだ。

知らない町のはずなのに、露地から抜け裏まですべて手に取るようにわかる。

どうしてなのか、女にも不思議でたまらない。

遥か遠い日の記憶が、ぎやまんの割れた断片のように甦ってくることがあった。

炊煙、赤ん坊の泣き声、子守歌、朱房の十手、御神酒《おみき》と十手の祀《まつ》られた神棚、縞の着流しに黒い巻羽織、けっして振りむこうとしない男の後ろ姿。

あれはいったい、誰なのだろう。

たいせつなひとのような気もする。

「おもいだせない」

いつごろからおもいだせなくなったのか、それすらもわからない。

哀しい、情けなくなってくる。

女には、ここ数年の記憶しかないのだ。

近頃、新しい記憶さえも、少しずつ失われてゆくのに気づかされた。

壁が土で塗りこめられるように、むかしの記憶が徐々に消えてゆくのだ。

すべて無になる瞬間が訪れるのかとおもうと、眠れなくなる。

五年前の盛夏、女は安芸国《あきのくに》の尾道《おのみち》で行き倒れになっているところを救われた。

白い遍路《へんろ》装束《しょうぞく》に金剛杖を握り、魚の骨が点々とする道端に倒れていたらしい。何日も呑まず食わずで歩みつづけ、鶏がらのように痩《や》せほそり、ついに力尽きたのだ。

海を渡って四国巡礼にでもおもむくつもりだったのか。そもそも、どこから尾道へ流れついたのかも、まったくおもいだせない。それまで生きてきた経緯や、自分の名でさえ、おもいだそうとすれば、あたまが割れるように痛みだす。

今にしておもえば、尾道で野垂れ死んでしまったほうが、どれだけましであったかもしれない。

ただ、救われたときは、ひとの親切が身に沁みた。

救ってくれた相手が神仏のようにおもえ、ひとの親切に縋《すが》りながらもう少し生きてみようかと、つい、甘いことを考えた。

それがまちがいだった。

――いちど死に損ねたやつは、そう簡単に死ねるもんじゃねえ。

救ってくれた男の口癖だ。

額のまんなかに「犬」と刺された墨を、男は艾《もぐさ》で焼いて消していた。

名を、鬼灯《ほおずき》の惣五郎《そうごろう》という。

雲をつくほどの大男だが、山猫の敏捷《びんしょう》さも兼ねそなえている。

盗人になるまえは鬼灯売りだったというが、真実かどうかはわからない。

ただ、鬼灯という愛称に惹《ひ》かれたのはたしかだ。

惣五郎は、西のほうでは名の知られた盗人一味の首魁《かしら》であった。

安芸から京大坂、尾張名古屋に遠江、駿河、相模と、東海道を疾風のように下りながら商家の蔵を荒らしまわり、ついに、江戸までやってきた。

女は尾道で救われてからずっと、盗人の片棒を担がされているのだ。

罪深い行為と知りつつも、お上に訴人はできない。命を救ってもらった恩義がある。

生き地獄から逃れる道はただひとつ、みずから命を絶つ以外にはないのだが、すでに何度となくしくじっていた。

「今日という今日は」

死んでやると心に決め、出刃《でば》包丁を懐中にしのばせ、盗人宿から逃れてきた。

正面には狭い木橋がある。

「地蔵橋」

という名が、女の口を突いて出た。

誰かに聞いたわけではない。その名がぽっと浮かんだのだ。

橋の名ばかりか、橋むこうの堀留が七軒町であることも、堀の東にすすんで亀島川にぶつかったあたりに小さな稲荷があることも知っている。

眠っていた記憶の一部が目覚めたのか、そうとしかおもえない。

女は潮の香りを嗅《か》いだ。

海は近い。

亀島川を南東へ下れば、鉄砲洲のさきから海に出る。

橋のうえで心ノ臓を突き、そのまま堀川へ身を投げよう。

屍骸は河口の渦潮《うずしお》に揉まれ、沖へ流され、いずれは魚の餌になる。

それが自分に似つかわしい終わり方なのだと言い聞かせ、女は下駄を脱いだ。

懐中から、出刃包丁を取りだす。

柄を逆さに握り、左の胸に押しあてた。

ぐっと、力を籠《こ》める。

爪先が宙に浮きかけた。

と、そのとき。

背後から、誰かに腕を搦《から》めとられた。

出刃が手から転げおち、堀に落ちて飛沫《しぶき》をあげる。

凄《すさ》まじい膂力《りょりょく》で引っぱられ、分厚い胸に抱きよせられた。

「おさよ」

生臭い息を吐く男は、鬼か閻魔《えんま》のような顔をしている。

惣五郎であった。

小夜《さよ》というのは、勝手に付けられた名だ。

「ふふ、おめえをまだ死なすわけにゃいかねえ」

惣五郎は口端を捻り、残忍な笑みを浮かべた。

「おめえは幽霊とおんなじだ。気づいてみりゃ、いつのまにかそこにいる。生身の人で幽霊に化けることができる女はざらにもいねえ、へへ、そうだろう」

女は今宵もまた、抗うことをあきらめた。

このまま盗人の手先となって、罪をかさねるしかないのか。

あきらめは沈痛な皺《しわ》となり、女の目尻に刻まれてゆく。

いずれは、罪を犯した記憶さえ失われてしまうのだろうか。

――助けて、誰か助けて。

胸の裡《うち》でいくら叫んでも、救ってくれる者はいない。

「おめえも肝の太え女だな。どうせ死ぬなら、役人どもの巣がある八丁堀で死のうとでもおもったのか。それとも、この界隈《かいわい》に思いいれでもあんのか」

女は泣きそうな顔で首を振った。

「ふん、何もおぼえちゃいねえか。まさか、都合のわるいことだけ忘れちまう病じゃあんめえな。おめえは江戸者だ、そいつだけはわかっていたぜ……へへ、ちいと長えはなしになる」

惣五郎は女の腕を放し、欄干に寄りかかった。

「おれは、この江戸でいちど捕まったことがある。二十年もめえのはなしだ」

頃は天明。その年の夏に浅間山が噴火し、前代未聞の大飢饉《ききん》に拍車が掛かった。百姓は餓《かつ》えて死ぬか、筵旗《むしろばた》を振って死ぬか、ふたつにひとつ。江戸市中には、骨と皮だけの亡者どもが溢れていた。

「悪夢さ、今でもはっきりおぼえているぜ。二十二のおれは棍棒《こんぼう》を手にしてな、毎晩、米屋だの札差《ふださし》だのを襲って歩いた。役人どもも大勢痛めつけてやったさ、おれは力じゃ誰にも負けねえ。仲間はみんな縄を打たれたが、おれだけは捕まらなかった」

ところがある晩、霊巌島の新川河岸でへべれけになるまで酒を呑んだ。つまらぬことで浪人者と喧嘩になり、相手を半殺しの目にあわせたあげく、八丁堀まで逃げてきた。

「ちょうど、このあたりだ」

地蔵橋のたもとまで逃げてきたところで、捕り方に追いつかれた。ところが、相手はたったひとり、たまさか夜廻りをしていた同心だった。切りぬけるのは容易《たやす》いと、惣五郎は踏んだ。

「撫《な》で肩の弱そうな野郎にみえたが、おれはそいつに手もなくやられ、早縄を打たれた。やけっぱちになり、怒鳴りちらしてやったのよ。おれは毎晩、米屋や札差の屋敷をぶっこわして歩いている。ざまあみろ、磔《はりつけ》にでも何でもしてみやがれってな。そんなふうに嘯《うそぶ》いたところが、その暢気《のんき》野郎は顔色ひとつ変えず、なぜ、屋敷を壊すのかと問うてくる。おれはきっぱり応えてやった、正義のためだとな。そうしたら、野郎は嬉しそうに笑いやがった」

惣五郎は本来なら首を刎《は》ねられるところを救われ、牢屋敷前で百回敲《たた》かれただけで放免された。

「そいつのおかげで、今のおれがある。だがな、おれは野郎にこれぽっちも感謝なんかしていねえ。再会して、嘲笑《あざわら》ってやりてえくれえだ。おめえが安っぽい仏心をみせ、この世に生かした男はほれこのとおり、釜茹《かまゆ》でにしても足りねえほどの化け物になっちまった。そいつを、教えてやりてえのよ」

女にとってみれば、どうでもよいはなしだ。

「あの野郎、当時は南町の定廻りだったが、もう隠居したかもしれねえ。ふふ、仕事《やま》を踏むまでにゃまだ間がある。暇潰しに、そいつの顔を拝んでみるのも一興だな」

惣五郎は最後に、同心の名を口にした。

「忘れもしねえ、長尾勘兵衛ってのがそいつの名だ」

女の脳裏に、突如、電光が走った。

子守歌、朱房の十手、御神酒と十手の祀られた神棚、縞の着流しに黒い巻羽織、けっして振りむこうとしない男の後ろ姿。

女はなぜか、胸の裡で「長尾勘兵衛」という名を繰りかえしていた。

「おさよ、顔を隠せ」

惣五郎がばっと袖をひるがえし、肩を抱きよせた。

誰か来る。

地蔵橋のむこうから、撫で肩の男が近づいてくる。

「あっ」

女は息を呑んだ。

月光を背にした男は、縞の着流しに絽《ろ》羽織を纏《まと》っていた。

――静《しず》。

妻の面影は、いつも記憶のなかにある。

時の経過とともに色褪《あ》せることもなければ、風化することもない。

みずからの人生に彩りを添える唯一絶対のものとして、脳裏から片時も離れず、今も鮮やかに息づいているのだ。

右手の甲には、消えさることのない恋情《おもい》が彫ってあった。

いれぼくろ。

若い時分、ふたりして手を繋《つな》いで歩いた。静の左手の拇指《おやゆび》が触れたところへ、静にさえ気づかれぬように黒子《ほくろ》の墨を入れたのだ。

今も時折、触れてはほくそ笑んでいる。

「未練がましい男さ」

自分でもわかってはいるのだ。

勘兵衛は満月を愛でながら、微酔《ほろよ》い気分で歩んでいた。

いつもどおり、新川河岸の『浮瀬《うかむせ》』でおふうと差しむかいに酒を呑んだ。

帰り道は大神宮の手前で足を止め、鳥居の外から、静もおなじ月を愛でているのだろうかと、感傷に耽《ふけ》りながら手を合わせた。

ことさら、逢いたいと、いつもより強く願ったわけでもない。

もはや、毎夜の決め事なので、鳥居のむこうに祈りを捧げただけのはなしだ。

勘兵衛は水の月を追うように一ノ橋を渡り、亀島橋も渡って八丁堀へもどってきた。

堀川に沿って歩み、何気なくふっと顔をあげた。

「おや」

地蔵橋のうえに、白い顔の女が佇んでいる。

遠目ゆえ、女の表情は判然としない。

にもかかわらず、胸騒ぎを感じた。

酔いは醒《さ》め、自然に足が速まった。

目を凝らせば、女は刃物で胸を突こうと身構えている。

――待て。

声をあげようとしたとき、背後から大男があらわれた。

女の腕を取り、刃物を振りおとす。

小さな水飛沫があがった。

女に抗う様子はない。

勘兵衛は安堵《あんど》しながらも、慎重に歩をすすめた。

男と女は抱きあったまま、身動きひとつしなくなった。

心中ではなさそうだ。痴話喧嘩の縺《もつ》れならば、抛《ほう》っておくにかぎる。

刃物まで持ちだしたのは気になるが、何となく声を掛けづらくなり、勘兵衛は橋の手前でくるっと踵《きびす》を返した。

石のように固まっていた男女も、橋むこうへ遠ざかってゆく。

勘兵衛はどうしても気に掛かり、そっと振りかえってみた。

男の背につづく女の後ろ姿が、妻の面影とぴったりかさなった。

「まさか……そんなはずが」

あるわけもない。

酔っているのだ。

月影に惑わされ、幻影をみせられたにちがいない。

勘兵衛は立ちどまり、天を仰いだ。

「月が泣いておるわ。くそっ」

勘兵衛は踵を返し、股立ちを取るや、地蔵橋のうえを駈《か》けぬけた。

が、遅きにすぎる。

すでに、女の影は消えていた。

二

十六日の藪入《やぶい》りは閻魔の斎日《さいにち》、江戸市中は休みを貰《もら》ってほくほく顔の奉公人たちで溢れかえる。仕着せの丁稚小僧や町娘は小遣いを握り、正月とこの日しか開帳されない「閻魔さま」の怖い顔を拝みにゆく。

勘兵衛は朝から、蔵前天王町の華徳院へ足をむけた。

閻魔堂には運慶の彫った高さ一丈六尺の尊像が鎮座し、ご利益にあずかりたい連中はこぞって足をはこぶ。参詣人の懐中を狙った巾着切《きんちゃっきり》も横行するため、捕り方は気を抜くことができない。

「そうはいっても、この人出だ。いってえ、どこに目を光らせておきゃいいのか」

銀次は愚痴をこぼし、堂宇までつづく長蛇の列を睨《にら》んだ。

陽が中天にちかづくにつれ、額から汗が滲《にじ》みだしてくる。

境内では蟬《せみ》が時雨《しぐれ》と鳴いていた。

立秋を過ぎたとはいえ、彼岸までのひと月は暑さも厳しい。

「旦那、暑くてかないませんや。こんなことなら、鯉さまの助っ人にいったほうがましだったかもな」

「お犬さま捜しの助っ人かい」

「その犬ってのがただの犬じゃねえ、狆《ちん》でやす」

「ああ、聞いた。妙ちくりんな顔をした座敷犬だろう。犬のくせして猫可愛がりされやがって、おまけに名まで付いてるってじゃねえか」

「豊吉《とよきち》と言いやす」

「なるほど、飼い主は佐伯屋《さえきや》豊蔵《とよぞう》だったな」

江戸でも三指にはいる薬種問屋で、日本橋本町三丁目に堂々とした店を構えている。

「金持ちがみいんな悪党だとは言いやせんがね、狆を抱いた太鼓腹の旦那を見掛けると虫《むし》酸《ず》が走りやすぜ」

狆は富豪の持ち物と目されており、大店の旦那は例外なく飼いたがった。なにせ「お犬さま競《くら》べ」なる品評会まであり、子犬は高値で取引されている。狆の暮らしぶりは贅沢《ぜいたく》を地でゆくもので、芝居にも「いっそ、狆になりたい」という台詞があるほどだ。

鯉四郎は佐伯屋と懇意にしている上役に命じられ、厄介な役目を仰せつかったというわけだ。

「とんだチン騒動とはこのことで、へい。正直、鯉さまにしたところで、捜しようはねえでしょう」

この暑いさなか、江戸じゅうを歩きまわり、壁に貼り紙を貼ったり、迷子石に尋ね犬の伝言を記したり、そんなことをしているらしい。

「ふふ、ご苦労なこったな」

鯉四郎のことをおもえば、閻魔堂の人垣に睨みを利かせているほうがどれだけ楽かしれない。などと、たかをくくっていると、護摩行《ごまぎょう》の読経《どきょう》が朗々と響く堂宇のほうから、帛《きぬ》を裂くような悲鳴があがった。

「誰か、誰か、そいつを捕まえて」

女の叫ぶ行く手をみやれば、胡麻塩《ごましお》頭の男が一目散に駈けている。

人の波はさあっと分かれ、一陣の風が吹きぬけたかのようだ。

「こっちへ来やすぜ」

銀次が十手を抜きはなった。

目を凝らせば、男は刃物を振りまわしている。

それゆえ、誰も止めにはいらないのだ。

「うらあ、どけどけ、どきゃがれ」

男は顔を真っ赤に染め、口から泡を飛ばす。

小汚い面つきに埃《ほこり》まみれの着物、あきらかに巾着切ではない。

勘兵衛と銀次はどよめく野次馬の間隙《かんげき》を縫い、人垣の前面へ躍りでる。

男が疾走してきた。

絶妙の機をとらえ、勘兵衛は足を差しだす。

「うわっ」

引っかかった男はもんどりうち、甃《いしだたみ》に顔から落ちた。

額がぱっくり割れ、血が噴きだす。

男は出血の多さに仰天し、匕首《あいくち》を抛りなげた。

血達磨《ちだるま》になって蹲《うずくま》り、顎《あご》をがくがくさせている。

「見掛けほど、てえした傷じゃありやせんぜ」

銀次は即座に見抜き、野次馬の整理に乗りだした。

勘兵衛は匕首を拾い、ゆっくり近づいていった。

男の懐中からは、花色模様の畳紙《たとう》がみえている。

「そいつを返《け》えしな」

勘兵衛は屈《かが》みこみ、静かな口調で語りかけた。

そこへ、商家の娘が息を切らして駈けこんできた。

「わたしの畳紙、畳紙を返して」
十七、八のやんちゃな小娘だ。
両親に可愛がられ、苦労も知らずに育った口だろう。

「ちっ」

銀次が舌打ちを放った。

「か、勘弁してくだせえ……う、うう」

男は観念し、泣きべそを掻《か》きながら畳紙を寄越す。

勘兵衛は畳紙を銀次に手渡し、男の額に手拭いを巻いてやった。

「けっ、盗人をいたわってやがる」

誰かが唾《つば》を吐くと、野次馬どもは白けた顔で背をむけだした。

ぽつんと残された小娘にむかい、勘兵衛はにっこり微笑んだ。

「盗むやつもわるいが、盗まれるほうにも落ち度はある。わかるな」

「はい」

「よし、わかればよい。行っていいぞ」

銀次に畳紙を返されても、娘は去ろうとしない。

もじもじしながら、口を開いた。

「ありがとうございました」

「ほう、ちゃんと礼が言えるのか」

「あの」

「何だ」

「お役人さまのご姓名をお聞かせください」

「長尾勘兵衛だが、聞いてどうする」

「のちほど、御礼に伺います」

「礼にはおよばぬ。さ、家に帰りなさい」

「家に帰ったら、おとっつぁんに叱られます」

「詮方《せんかた》あるまい。今日あった出来事は正直にはなすことだ」

「佐伯屋豊蔵は鬼よりも怖い。そう言われているんですよ」

「ん」

勘兵衛も銀次も、呆気《あっけ》にとられた。

「おぬし、佐伯屋の」

「はい、一人娘のとよにござります」

「そうだったのか」

「どうかなさりましたか」

「狆が居なくなったのであろう」

「ど、どうしてそれを」

「仲間が捜しておる」

「さようでしたか」

娘は押し黙った。

「おい、平気か」

「あ、はい」

娘はお辞儀をし、決まり悪そうな様子で去ってゆく。

何かあるなと、勘兵衛は感じた。

銀次もそれと察し、娘に付きそって消えた。

「さて」

面倒だが、男のほうをどうにかしなければならない。

「立てるか」

「へえ」

勘兵衛は男を引ったて、人目のつかぬ石燈籠の陰に連れこんだ。

男はすっかり脅えきり、逃げようにも足が動きそうにない。

「血も止まったようだし、正気にもどったか」

「へえ」

「名は」

「卯平《うへい》と申しやす」

「盗みは、はじめてか」

「へえ、ほ、ほんの出来心で盗《や》っちまったんです」

「おぬし、職人か」

「へ、へえ」

「女房と子どもは」

「おりやす。がきはまだ八つでして」

「八つなら、ものの道理はわかる」

卯平は腕の良い左官だったが、四十を過ぎて右腕が肩からうえにあがらなくなり、仕事がまともにできなくなった。自棄《やけ》を起こして酒浸りになったあげく、米を買う金もなくなり、あちこちから七所《ななとこ》借りをして凌《しの》いだが、いよいよここにきて切羽詰まった。

「こうなりゃ死ぬしかねえ。親子三人で心中をはかろうとおもいやした」

だが、死んだあとの始末まで、他人様に迷惑を掛けたくない。せめて回向料《えこうりょう》だけでも欲しいとおもいながら閻魔堂を彷徨《うろつ》いていると、着飾った娘の懐中から花色模様の畳紙が半分飛びだしていた。

「気づいたら、盗んでおりやした」

「なるほど」

「し、死罪になりやしょうか」

「さあ、どうかな」

「勘弁してくだせえ……おいら、死にたかねえんです」

「自分の回向料を盗もうとしたくせに、死にたくないのか」

「へえ」

とんだ間抜けである。

「畳紙はもどったし、まあ、死罪にはならぬだろう」

「ほんとうですかい」

「嘘を吐いてどうする」

「でも、女房とがきにゃ、知られちまうんでやしょうね」

「まあな」

「ちくしょう」

男は項垂《うなだ》れ、ぽろぽろ涙をこぼしはじめる。

どうやら、まっとうな気持ちは残っているようだ。

勘兵衛は周囲をみまわし、男の耳に囁《ささや》きかけた。

「その足で神楽坂へ行き、寿屋のおもんを訪ねてみろ。口入屋を営む面倒見の良い女だ」

「へっ」

卯平は驚き、顔をあげた。

その手に一朱金を握らせ、勘兵衛は諭《さと》す。

「息子に鰻《うなぎ》でも食わしてやれ。二度と盗みはやるな」

「だ、旦那」

「さあ行け。振りかえるんじゃねえぞ」

追いたてるように卯平を逃がし、勘兵衛は何食わぬ顔で参道を歩みはじめた。

別の石燈籠の陰から、誰かがこちらを睨んでいる。

刺すような眼差しを背に感じ、勘兵衛は足を止めた。

「へへ、あいかわらず、甘っちょろい野郎だぜ」

くぐもった声が、はっきり聞こえた。

振りむいても、石燈籠の陰に人影はない。

どこかで聞いたことのある声にも感じたが、おもいだすことはできなかった。

三

南茅場町の大番屋は江戸に七箇所しかない調べ番屋のひとつ、吟味方与力がわざわざ出向き、罪人とおぼしき者の取りしらべをおこなうところだ。下手人を取りちがえたら御役御免になるので、好い加減な取りしらべはできない。また、入牢証文が発行されるまで罪人を留め置くところでもあり、奥には板壁板敷きで窓のない大部屋があった。

板戸一枚隔てたむこうから、繋がれた者の息遣いが聞こえてくる。息遣いどころか、苦しげな呻《うめ》き声まで洩れてきたりもするのだが、馴れてしまった耳には何も感じない。気づいたら鳴いている蟬の声とおなじだ。

南町奉行所に三廻りは十四人、うち臨時廻りは六人いる。南茅場町の大番屋はそれら廻り同心たちの溜まり場にほかならず、江戸じゅうを歩きまわる勘兵衛にとってもここが一日の終着点であった。

親しげにはなしかけてくる同僚はいない。唯一の話し相手といってもいい鯉四郎がいないときは、ひとりぽつんと離れて座り、出がらしの茶を呑んでいることが多い。

同僚たちの噂話に、勘兵衛の耳がぴくりと動いた。

「鬼灯の惣五郎は知っておるか」

「知っておるも何も、額に犬の字を刺された御下知者《ごげちもの》であろう」

「さよう。大胆にも、押しこんださきにおのれの人相書を残してゆくそうだ」

人相書の額に「犬」とあるのがめずらしく、惣五郎は捕り方のあいだでも知られるようになった。

御下知者とは極悪人のことである。惣五郎は安芸広島藩の領内で商家の蔵を荒らしまわり、罪もない町人を十五人も殺《あや》めた。名が売れる以前に窃盗で何度か捕まっており、同藩の決まり事にしたがって額に「犬」の字を入れ墨されたのだ。

「盗んでおいて皆殺しにする。それが惣五郎のやり方だとか」

「ふむ、そうらしい。安芸から逃れ、大坂、名古屋と風のように商家を襲い、死体の山を築きながら東海道をくだり、江戸へむかっているとの噂もある。もうすぐ、御奉行からも通達があろう。惣五郎一味には、くれぐれも気を付けるようにとな」

どうやって気を付けよというのか、勘兵衛にはわからない。

不運にも狙われた大店が被害を受けぬかぎり、同心たちにも動きようはないのだ。

「おなじ犬でも、狆を捜しておるやつもいる」

「くふふ、末吉鯉四郎か。あやつに似つかわしいお役目ではないか」

勘兵衛は背中に眼差しを感じたが、応じる素振りもみせずに、冷めた茶を啜った。

そういえば、鯉四郎はどうしているのだろうか。

閻魔堂で卯平を諭してから、すでに、二日が経っていた。

音沙汰がないということは、狆もみつかっておらぬのだろう。

佐伯屋の娘はお礼にやってくる気配もなく、卯平が神楽坂のおもんを訪ねたかどうかも判然としない。あらゆる物事が止まったままだ。夕暮れのやわらかい陽射しに包まれていると、うっかり微睡《まどろ》んでしまいそうになる。

勘兵衛は茶碗を置き、尻を重そうに持ちあげた。

「お先に失礼つかまつる」

同僚たちに型どおりの挨拶《あいさつ》を述べ、大番屋をあとにする。

おなじ八丁堀の内なので、同心長屋は目と鼻のさきだ。

組屋敷の連なる露地を突っきると、地蔵橋がみえてきた。

橋のうえから右手を仰げば、空が血の色に染まっている。

ふと、満月の夜にみた女のことをおもいだした。

なぜ、地蔵橋なんぞにいたのだろう。

女は刃物を握り、自分の胸を突こうとしていた。

あのとき、声を掛けなかったことが悔やまれてくる。

たしかに、間夫《まぶ》らしき男はいた。

しかし、声を掛けそびれたのは、男のせいばかりではない。

何か、強い力に引きとめられた。

あの女と関わってはいけないと、耳元で誰かに囁かれたのだ。

気づいてみれば、勘兵衛は満天星《どうだん》の垣根のまえに立っている。

簀戸門《すどもん》が風と戯れるように開閉していた。

「誰か来おったな」

耳を澄ますと、鬼灯をきゅっきゅっと鳴らす音が聞こえてきた。

綾乃であろう。幼いころから、鬼灯の実を鳴らすのが得意だった。

静もそうだ。夏になるとかならず、癪除《しゃくよ》けの薬になるからと、浅草寺や愛宕山《あたごやま》から鬼灯を買ってきた。そして、水で呑みくだすわけでもなく、丸い実を口にふくんで誇らしげに鳴らしてみせるのだ。

母親から教わったわけでもないのに、綾乃もおなじことをする。

勘兵衛の耳には、きゅっきゅっという響きが悲しげに聞こえた。

縁側のほうから、笑い声が聞こえてくる。

仁徳に銀次に綾乃、それに鯉四郎までが風通しの良い縁側に座り、夕の端居《はしい》を楽しんでいる。

勘兵衛はいつになく物悲しげな顔で、みなのほうへ近づいていった。

「おや、うぽっぽの旦那のお帰りだぞ。あのしけた面をみよ、今日も何もせずに一日が終わったようじゃ」

仁徳は酒をかなり呑んでおり、赤ら顔でからかう。

隣では銀次も耳まで赤く染め、盃を干していた。

鯉四郎だけは茶を呑んでいるようだが、めずらしいことに綾乃と親しげに会話を交わしている。

「旦那、狆のやつ、みつかりやしたぜ」

銀次がさっそく、嬉しそうに語りかけてきた。

「これが傑作なはなしで、今もみんなで笑ってたところなんで」

佐伯屋豊蔵は「豊吉」が居なくなってから、仕事もろくに手が付かなくなった。

「おらぬ、おらぬ、どこにもおらぬと、物の怪《け》にでも憑《つ》かれたように床に這《は》いつくばっておりやしてね。そこへ、鯉さまがどうにかこうにかみつけた狆を一匹、届けたのでごぜえやすよ」

「ほう、どこでみつけたのだ」

勘兵衛も縁側に座り、綾乃に酌をさせながら問うた。

鯉四郎は鬢《びん》を掻きながら、番町の甲賀坂で狆をみつけたと応じる。

「犬鍋にされたのではとおもい、獣肉屋のならぶ甲賀坂へ足を延ばしたところ、豊吉とおぼしき狆めがきゃんきゃん吼《ほ》えておりました」

ところが、佐伯屋へ届けてみると、これは「豊吉」ではないと押しかえされた。

「なんでも、豊吉のあたまには殿様の髷《まげ》のごとき斑点があり、背には鞍掛け、尾の手前にはおどめとか申す斑点があるとの由。しかも、口唇は艶《つや》やかな桜色にして、甘酒の匂いをさせておるとかどうとか」

佐伯屋に滔々《とうとう》と「豊吉」の特長を述べたてられ、鯉四郎が辟易としていたところへ、本物の「豊吉」がひょっこりもどってきたらしい。

銀次が横から口を挟んだ。

「ご存じのとおり、狆は高値で取引されておりやす。豊吉も盗まれたあげくに売られておりやしてね。旦那、売ったのは誰だとおもいやすか」

「娘のおとよか」

「ご名答、さすがは旦那だ。華徳院の境内でおとよの顔色が変わったのを、旦那は見逃さなかった。おとよは悋気《りんき》を抱いておりやした。父親がじつの娘より、狆を可愛がるもんだから、つい、盗みだして売っちまったのだそうです」

おとよが白状したのは「豊吉」がもどってくるまえだった。父親の豊蔵は怒りくるい、娘の頬を二度、三度、力任せに張ったという。

「おとよが可哀そうだな」

「へい、仁徳先生もそう仰《おっしゃ》りましたよ。狆に狂った豊蔵がわるいとね」

振られた仁徳は酒を呷《あお》り、嗄《しゃが》れたような声を出す。

「このごろは、お犬さま狂いの金持ちがやけに増えやがった。道端に糞だの小便だのを平気で垂れながしていきやがる。所詮、犬畜生は犬畜生、そいつをわきまえて飼わねえと、まちげえのもとになる」

「へへ、先生の仰るとおりだな」

　豊蔵の怒りは丸一日おさまらず、おとよは勘当されるところまでいった。ところが、今朝になって、見掛けない女が狆を胸に抱いて佐伯屋を訪ねてきた。

「正真正銘、そいつが豊吉でやした。女の言うには、知りあいがこちらのお嬢様から三両で買ったらしいのだが、佐伯屋さんがたいそう嘆いているとの噂を聞いて放っておけなくなり、知りあいを説得して狆を取りかえしてきたのだとか」

「ほう、木に餅の生《な》ったようなはなしだな」

「たしかに、できすぎたはなしにもおもえやすがね。ともかく、佐伯屋は大喜び、女に欲しいものは何でもやると豪語したそうで」

「女は何と」

「別に、のぞむものはない。ただ、ちょうど奉公先をさがしていたところなので、小女《こおんな》として雇ってはもらえまいかと頼んだ」

「ふうん」

「佐伯屋は一も二もなく了承し、女は大店に雇われた。豊吉はおかいこぐるみの暮らしに舞いもどり、娘のおとよも二度と過ちはおかさぬと泣いて訴えたところ、父親に許された。八方丸くおさまり、めでたし、めでたしというわけで」

勘兵衛は経緯を聞き終え、胡散《うさん》臭いものを感じた。

そんなに都合良く、狆がもどってくるものだろうか。それに、箱入り娘のおとよが、自分で犬の売り先をみつけることができたともおもえない。

「するってえと、誰かに入知恵されたか。ふうむ、たしかに、ちょいと引っかかりやすね」

銀次は腕組みをして考えこみ、鯉四郎の顔からは笑みが消えた。

仁徳だけは綾乃に酌をさせ、美味そうに酒を呑んでいる。

勘兵衛は、鯉四郎にむきなおった。

「佐伯屋に雇われたのは、どのようなおなごだ」

「はい、年のころなら三十代の中盤、富士額で目鼻立ちのはっきりした」

「美人か」

「は、はあ」

綾乃をしきりに気にしつつ、鯉四郎はことばを濁す。

勘兵衛は気にも掛けず、鋭くたたみかけた。

「おなごの名は」

「は、おさよと聞きました」

「おさよ」

勘兵衛はその名を、口のなかで何度もつぶやいた。

四

子《ね》ノ刻《こく》、日本橋大路に山狗《やまいぬ》の遠吠えが響いた。

――うおおん。

おさよは女中部屋からそっと抜けだし、勝手口裏の厠《かわや》へむかうふりをして古井戸のほうへ足をむけた。

「おい、こっちだ」

暗闇から押し殺した声が洩れた。

矮躯《わいく》の男が古井戸の脇に立っている。

木菟《みみずく》の勝次《かつじ》、一味のひとりだ。

惣五郎の乾分《こぶん》はほかに五人おり、みな、千住の盗人宿で息を潜めている。江戸で大きな仕事《やま》を踏んだら、一味はその足で奥州へ逃げのびる腹積もりなのだ。

少なくとも、おさよはそう聞いている。

勝次は身軽で夜目も利く。繋ぎ役にはもってこいの男だ。

「おさよ、間取図は」

「今日の今日なんて無理です」

「嘗《な》めるんじゃねえぞ、おれはおめえを信用しちゃいねえんだ。おかしらが何でおめえを引きこみに使うのか、正直、わからねえ……ひょっとしておめえ、おかしらと寝たのか」

おさよが首を横に振ると、勝次はぬごっと鼻を鳴らした。

「嘘こけ」

「嘘じゃありません」

「ふん、まあいいや。日取りが決まったぜ」

おさよは、ごくんと唾を呑んだ。

「七日後の二十五夜、亥《い》ノ刻から動きだす。山狗が吠えたら勝手口を開けろ。わかってるな、それまでにお宝の在処《ありか》を確かめておけ。五日後、二十三夜にまた来る。間取図を忘れるんじゃねえぞ」

　勝次の気配が消えたのを確かめ、おさよは勝手の二階にある女中部屋へもどった。

　障子を閉めた途端、古参の女中が寝返りを打った。

「うっ」

　おもわず、声が出そうになる。

　女中の眸子《まなこ》が、猫の目のように赤く光ってみえたのだ。

「おや、どうしたんだい」

　掠《かす》れた声で糺され、心ノ臓が停まりそうになった。

「厠です」

　何とか応じた。

「ふん、小便もたいがいにおし。朝は早いんだよ」

「はい」

　横になったところで、眠れないのはわかっている。

　尾道で命を助けられて以来、まともに眠ったおぼえがないのだ。

　それでも、こうして惣五郎と離れ、畳に横になるだけでもほっとする。

長い一日だった。

一味としては何よりもまず、おさよを佐伯屋に潜りこませねばならなかった。

そのために企てられたのが、豊蔵の可愛がっている狆を使う方法だ。

勝次が一人娘のおとよに近づき、狆を買いたいと持ちかける。おとよがまんまとはなしに乗った段階で、餌撒きは成功したも同然だった。

おさよは惣五郎の思惑どおり、佐伯屋に住みこみで働くこととなった。

だが、何とか止めさせる算段はないものかと、詮無いことを考えつづけている。

おとよは十七だが、年のわりに幼いところがあった。

わがまま放題に育ち、着飾ることにしか興味がむかないようにみえる娘だが、家の事情を知ってみると同情の余地もある。

三歳で産みの母親を亡くし、後妻となった育ての親は三度代わった。

十三歳のときから父親に反撥《はんぱつ》しはじめ、仕舞いには口もろくに利かなくなった。

父の豊蔵は当てつけのように狆を飼い、名を「豊吉」と付けた。

父への拗《ひね》くれた愛情が、狆を売るという行為に繋がったのだ。

複雑な娘心が手に取るようにわかるだけに、おとよに対しては申し訳ないことをしたという気持ちが強かった。

惣五郎は、佐伯屋を殺めるかもしれない。

父親が死ねば、娘は天涯孤独になる。世間の荒波を知らぬ娘に、どうやって生きていけというのか。

おさよはそこまで想像をめぐらせ、押しこみを止めさせる算段はないものかと考えているのだ。

これまでに、大坂や名古屋で三度引きこみ役をやらされた。

三度とも死人は出なかったが、四度目も出ないとはかぎらない。

惣五郎は、生身の人を平気で殺めることのできる極悪人なのだ。

極悪人だと知りつつも言いなりになっているのは、人を殺めたところを目にしていないからかもしれない。

残忍な行為を偽りたいのか、惣五郎は「正義のために盗みをやるのだ」と常日頃から豪語していた。

悪徳商人だけを狙い、死んで当然の相手に刃を振るう。

そのことばに真実の片鱗を感じとったからこそ、裏切る勇気が持てないのだ。

惣五郎に言わせれば「ほんとうの悪党は御法度《ごはっと》の網をかいくぐり、私腹を肥やしている連中だ」ということになる。

佐伯屋豊蔵が、まさにそうであった。

数年前から抜け荷に手を染め、莫大《ばくだい》な利益をあげているという。

佐伯屋は安芸広島藩の御用達、潤沢な資金を使って同藩の重臣たちを取りこみ、築地にある蔵屋敷を任されていた。蝦夷《えぞ》と大坂を結ぶ北前船の鑑札も握っている。それゆえに、蝦夷で産する御禁制の俵物を安く仕入れ、清国の密輸船と直に交易し、昆布や乾鮑《あわび》と交換に高価な薬種を入手するといった抜け荷を、大胆にも易々とできる立場にあった。

広島藩の重臣たちは勘づいていたが、黙認するだけで膨大な利益を享受できるので、みな、見て見ぬふりをしている。

惣五郎がそうしたからくりを知ったのは、生まれ故郷でもある尾道が北前船の寄港地だからであった。漁民や農民は貧困に喘《あえ》いでいるというのに、一方では不正な手段で大金を儲けている連中がいる。貧乏な家に生まれ育った惣五郎には、苦もなく大金を稼ぐ悪徳商人たちが許せなかった。

これまで強盗にはいった商家は、悪事に手を染めている連中ばかりだ。

が、惣五郎は「佐伯屋ほどの悪党《ワル》はいねえ」と吐きすてた。

おそらく、真実であろう。

難しいはなしをされても、よくわからない。

にもかかわらず、惣五郎は包み隠さずに、すべてをはなしてくれた。

なぜか知らぬが、信用されているような気がする。そのことへの小さな喜びがあった。

いくら否定しようとおもっても、否定しさることができない。たとい、相手が極悪非道な盗人であろうとも、誰かに信用されているのだとおもえば、人は生きてゆける。自分をこの世に繋ぎとめている一本のかぼそい糸は、たぶん、心の片隅にある小さな喜びなのだろうと、おさよはおもう。

ふと、惣五郎の命を救った同心の名をおもいだした。

——長尾勘兵衛。

調べはついた。

今も八丁堀に住み、臨時廻りを務めているらしい。

いっそ、その同心に相談してみようかと、莫迦《ばか》な考えをはたらかせる。

それでは、一味を売るのといっしょだ。

惣五郎はなぜあれほど、長尾勘兵衛にこだわるのだろうか。

命を助けられたことに、逆恨みを抱いているのかもしれない。

なるほど、生かされてしまったことで罪をかさねてきたのだ。

——安っぽい同情ほど嫌いなものはねえ。反吐《へど》が出るんだよ。

惣五郎はいつも、酒に酔うと怒りだす。

自分は天下一の盗人だと嘯きつつも、自分の犯した罪の重さに耐えかねているのだ。できることなら、誰かに罪を負わせたいと、都合の良いことを考えているのかもしれない。誰かとは、長尾勘兵衛なのではあるまいかと、おさよはおもった。

自分を生かした役人をこの世から消すことで、惣五郎は帳尻を合わせようとしている。たとい、そうであろうとも、おさよがどうこうできるはなしではない。

だいいち、長尾勘兵衛とは会ったこともないのだ。

顔も知らない。どんな人となりかもわからない。

にもかかわらず、胸騒ぎを感じるのはなぜだろう。

長尾勘兵衛という同心のことが、気になって仕方ない。

ひょっとすると、失われた記憶と関わりがあるのだろうか。

じっと目を閉じ、記憶を呼びさまそうとした途端、おさよは叫びたくなるほどの頭痛に襲われた。

「だめだ、おもいだせない」

無駄なことはやめよう。

ともかく、ひとつだけ確かなことがあった。

惣五郎といっしょにいれば、かならず破滅が訪れるであろう。

一刻も早くそうなってほしいと、心の底からのぞんでいる。

空が白々と明けそめるころ、おさよは少しだけ微睡んだ。

五

翌日の午後、勘兵衛は神楽坂におもんを訪ねた。

卯平のことが気になったのだ。

「ごめんよ、邪魔するぜ」

敷居をまたぐと、帳場に座った年増が眠たそうな眸子をむけた。

鼻がつんとうえをむいた愛くるしい顔の女、おもんである。

「あら、うぽっぽの旦那」

「おう」

片手をひらりとあげたものの、勘兵衛は目のやり場に困った。

おもんは着物のまえをはだけ、瓜のような乳房を垂らしながら団扇《うちわ》をあおいでいる。

「ふふ、そろそろお越しになるころかと、お待ちしておりましたよ」

襟を寄せて汗ばんだ膚《はだ》を隠し、おもんはにっと鉄漿《おはぐろ》を剝《む》いた。

「こないだ会ったのはたしか、新緑の季節だったな」

「牛込御門のお濠端《ほりばた》に、山吹が咲いておりましたよ」

勘兵衛はとある殺しの下手人を追い、七年ぶりにおもんと再会した。

「おめえは、のっけから恨み言を吐きやがった」

「旦那のことを意気地のない男だって、そんなふうに言いましたっけね」

十年前、おもんの情夫は盗みをはたらき、勘兵衛に縄を打たれた。本来なら打ち首のところを、格別のはからいで八丈島に流してやった。面倒見の良い勘兵衛は、それからも月にいちどはおもんを訪ね、八丈島からの便りを届けてやり、情夫が島で往生した報も伝えてやった。

そもそも、おもんは俠気《きょうき》を売りにする博打打ちの娘だ。勘兵衛から受けた恩が身に沁みないわけがない。

「あんときは心身ともに疲れきっておりましてねえ、旦那のご親切を取りちがえちまったんですよ。好いてはいけないおひとに、あたしは情を移しちまった。あのひとが八丈で死んじまって、冷えきっていた心にぽっと火が点《つ》いたんだ。そうなったら女はもう、まわりが見えなくなっちまうものなんですよ」

情夫が逝って半年経ったある晩のこと、おもんは酔った勢いで勘兵衛の膝にしなだれかかってきた。

「あたしの気持ち、わかってくれてたはずなのに、旦那は抱いてくれなかった。それどころか、あの晩を境に、ぷっつりお顔もみせなくなりましたね。あのときは、なんて薄情なおひとだろうって恨みましたけど、あとで事情を知って納得できたんですよ」

「事情なんざねえ。この手でお縄にした野郎の情婦《おんな》には、死んでも手を出しちゃならねえ。それをやったら十手持ちは仕舞《しめ》えさ。だから、おれはおめえの誘いに乗らなかったんだ」

「ふん、それだけのことなら、旦那はあたしを抱いてくれたはずさ」

「やけに自信があるじゃねえか」

「旦那には、恋女房があったんでしょ」

「へ」

「ほら、驚いた。鳩が豆鉄砲食らったようなお顔ですよ」

「からかうのか」

「からかい半分で言ってるんじゃござんせん。旦那は逃げた恋女房に未練があるんだ。だから、ほかの女にゃ容易に目がむかない。そこまで男に惚れぬかれた女は幸せ者さ。あたしなんざ、とうてい太刀打ちできませんよ」

おもんの営む『寿屋』は、ただの口入屋ではない。金満家と妾の縁を結ぶという新しい切り口で、富と信用を築きあげてきた。修羅場を踏んできた女の台詞だけに、説得力がある。

勘兵衛が応えられずにいると、おもんはすっと立ちあがった。

「さ、恨み言はここまで。麦湯でも差しあげましょ」

「おう、わるいな」

八つ刻を過ぎると、涼しい風が吹きはじめる。

勘兵衛はおもんの出してくれた麦湯を呑み、卯平の様子を聞いてみた。

「どうだい、やつは何とかなりそうか」

「ええ、連尺町に香具師《やし》の親分さんがおりましてね、仕事はいくらでもあるっていうから頼んでおきましたよ。昨日あたりから稼いでいるはずですけど」

「そうかい、すまねえな」

「卯平っておひと、根は真面目な男だけど、酒を呑むと人が変わっちまうんだとか」

「ふふ、酒に呑まれて身をもちくずすのは、小心者と相場が決まっている」

「仰るとおりですよ。卯平さんにゃ重々諭しておきました。今までは壁に泥を塗る仕事をやってきたんだろうけど、これからは香具師の親分さんの顔に泥を塗るようなまねだけはしちゃいけないよってね」

「ありがとうよ。寿屋のおもんに諭されりゃ、てえげえの野郎は借りてきた猫みてえにおとなしくなる。卯平は立派に稼いでくれるだろうぜ」

「落ちついたら、旦那のところへご挨拶に行かなきゃだめだよって言ったら、あのひと、泣いちまいましてねえ」

「ふうん」

「うぽっぽの旦那のためなら死んでもいいだなんて、莫迦なことを抜かすんですよ」

「死ぬ根性もねえくせして、あの野郎、すぐに死にたがるんだ」

「何なら、様子窺《うかが》いに行かれたらどうです」

「どこに」

「深川ですよ。住んでるところもご存じなかったの」

「おめえに聞きゃわかるからな」

「面倒くさがりの旦那らしいね」

おもんは、白い咽喉《のど》を震わせて笑った。

「じゃあな」

「旦那、ちょくちょくお顔をみせてくださいな」

「ああ」

「お約束ですよ、指切りげんまん」

無理矢理、小指を絡められ、勘兵衛は照れながらも約束した。

外へ出て振りあおげば、神楽坂のてっぺんに茜雲が浮かんでいる。

勘兵衛は小石川までのんびり歩き、神田川に下りて猪牙《ちょき》を拾った。

猪牙は川面に映る夕陽を切りさき、滑るように大川へ躍りだした。

あとは大橋を潜りぬけ、佐賀町の脇から油堀に舳先《へさき》を突っこめばよい。

油堀沿いの一色町と黒江町のあいだには、閻魔堂橋という木橋が架かっている。

勘兵衛は橋のたもとに猪牙を付けさせ、陸へあがった。

一色町は岡場所なので、淫靡《いんび》な雰囲気がただよっている。

この界隈の露地裏には、貧乏人だけが住む九尺店があった。

おもんによれば、卯平親子は「閻魔店」と称される貧乏長屋に住んでいるという。

誰かに聞くまでもなく、閻魔店とおぼしき長屋はみつかった。

木戸口の脇に守神よろしく、木彫りの閻魔像がしつらえてあったからだ。

おそらく、卯平はこの閻魔像にあやかって華徳院へむかったのであろう。

勘兵衛は木戸を潜らず、隣の火除地に足をむけた。

嬉しそうに走りまわる洟垂《はなた》れのすがたが目に止まったのだ。

おもったとおり、卯平親子はそこにいた。

夕顔棚のしたで、のんびり夕涼みをしている。

勘兵衛は木陰に身を隠し、そっと様子を窺った。

夏の夜、夕顔は白い花を咲かせる。すでに実を結びはじめており、乳房のような実がいくつもぶらさがっている。さほど大きな棚ではないが、家族三人が涼むには充分だろう。

卯平と女房は肩を寄せあい、団扇をあおいでいる。

そのまわりを、八つの洟垂れが走りまわっていた。

卯平は女房の酌で、盃までかたむけている。

「あの野郎」

勘兵衛は、にんまり笑った。

卯平親子の夕涼みを目にできただけでも、深川まで足を延ばした甲斐はあったというものだ。

最初《はな》から声を掛ける気はなかったので、勘兵衛は木陰から離れた。

次第に翳《かげ》りゆく辻々には白塗りの痩せた女が立ち、無視して通りすぎる男たちの袖をつかもうとしている。

女たちは小銀杏《こいちょう》に巻羽織の不浄役人に気づき、舌打ちをしながら物陰へ隠れていった。

隠れた女のひとりに声を掛けようとして、勘兵衛はおもいとどまる。

夕涼みを目にしたときの喜びは消え、虚しい風が心を吹きぬけた。

どれだけがんばっても、江戸じゅうの貧乏人を救えるものではない。

どうしようもない虚しさに苛《さいな》まれ、十手を投げだしたくなった。

息の詰まるような露地裏を抜け、勘兵衛は油堀までやってきた。

正面に閻魔堂橋があり、橋のたもとに猪牙が繋がっている。

「おい、船頭」

呼びかけた瞬間、背後に殺気が膨らんだ。

「誰だ」

振りむいても人影はない。

声も聞こえてこなかった。

「気のせいか」

いや、そうではあるまい。

辻の暗がりに、何者かの気配が蠢《うごめ》いていた。

六

四日後、二十三夜。

今宵は毎月恒例の月待ちだが、江戸の文月は明け方の月を拝む二十六夜待ちのほうが盛んなので、代待ちの願人坊主も暇そうにしている。

勘兵衛の留守中に来客があった。

佐伯屋のおとよが若い手代に土産を持たせ、八丁堀に颯爽《さっそう》とあらわれたのだ。

応対に出た綾乃はとりあえず土産をあずかったが、あとで中身を知って驚いた。

拇指ほどの大きさで一両もする皺々の人参が、麻袋にどっさりはいっていたからだ。

「こりゃ金子《きんす》より価値があるわい、ぐふぉふぉ」

仁徳はさも嬉しそうに笑ったが、笑い事ではなかった。

市場で売れば、しめて百両にはなる。もはや、立派な賄賂《わいろ》であった。

長尾勘兵衛の生きざまとしては、天地がひっくりかえっても受けとることはできない。

案の定、勘兵衛は帰ってくるなり、めずらしく綾乃を叱りつけた。

「土産の中身も確かめず、安易にあずかるものではない」

綾乃にしてみればとばっちりを受けた恰好だが、黙って悔し涙を怺《こら》えるしかなかった。

仁徳は隣で人参を摘みあげ、匂いを嗅いだりしている。

「もったいないのう、まことに返すのか」

「あたりまえでしょう」

「わしに二、三本譲ってはくれぬか」

「お分けする義理はございませんが」

「冷たいのう、二本や三本抜いてもわかるまいに」

「そうした浅ましさが身を滅ぼすのです」

「偉そうに、おぬしは孔子か」

「身を殺して仁をなすには、身が清くなければなりません」

「うひょ、抜かしよる。論語ではないか。じゃがな、水は三尺流れると清いという諺《ことわざ》もあるぞ。少しくらい袖の下を受けとったところで、神様は水に流してくれる。五十年も生きてりゃ、それくらいの智恵は付いてもよかろうに」

「だめなものはだめです」

いくら毒気を吹きかけられても、土産を受けとる気はない。

勘兵衛は仁徳が袖に隠した人参を出させ、麻袋を無造作に抱えこんだ。

「父上、今からまいられるのですか」

「何か不都合なことでもあるのか」

「今宵はお婆《ばば》さまのご命日、もうすぐお寺さまがみえられます」

「わかっておる」

綾乃の言う「お婆さま」とは、勘兵衛を育ててくれた養母のことだ。

勘兵衛は捨て子だった。産着にくるまったまま、亀戸天神の鳥居の根元に捨てられていた。宮司に拾われ、貰われていったさきが、風烈廻り同心をつとめる長尾家であった。心根の優しい同心夫婦は勘兵衛を一人前の男に育てあげ、住む家と働き口を遺してくれたのだ。

養父は二十年前、養母は十年前に亡くなった。

母親の愛情を知らない綾乃は十になるまで、父勘兵衛と同様、しっかり者の養母に育てられたのだ。

育ててもらった恩は山よりも重い。

勘兵衛と綾乃にとって、養父母の命日は何よりもたいせつな行事であった。

「父上、明日になされませ」

「うるさい、差し出口を挟むな」

勘兵衛は怒鳴った。

自分でも意固地になっているのがわかる。

ただ、貰うつもりもないものを、たとえひと晩でも家に寝かしておくことはできない。

他人からみればくだらぬことかもしれないが、そこだけは譲れぬという十手持ちの気骨を、綾乃にも理解してほしかった。

愛娘《まなむすめ》は悲しげに睫毛《まつげ》を伏せ、それ以上、引きとめようとはしなかった。

「ふん、頑固者め」

仁徳のことばを聞きながし、勘兵衛は家を出た。

あたりはすっかり暗くなり、腹の虫も鳴いている。

「小娘め、余計なことをしくさって」

おとよが勝手にやったことであろう。

父親の豊蔵はたぶん、あずかり知らぬことだ。

人参を返すついでに、狆の顔でも拝んでくるか。

溜息を吐きながら提灯掛横丁を抜け、坂本町のさきから海賊橋を渡る。

佐伯屋に雇われた女のことなど、勘兵衛はすっかり忘れていた。

日本橋本町と室町とが交差する辻は、暗くなってからも人の往来は喧《かまびす》しい。

本町三丁目といえば薬種問屋が軒をならべることで知られているが、佐伯屋の間口はひときわ広かった。すでに表口は閉まっていたが、板戸を挟んで奉公人たちが忙しくしている様子は伝わってくる。

潜り戸を敲くと、丁稚小僧が顔を差しだした。

「あ、お役人さま、何のご用にございましょう」

「ご主人はおられるか」

「へえ」

「なあに、たいした用ではない。ちと入れてくれ」

迷惑顔の小僧に導かれ、店の内にはいる。

その途端、薬の匂いが鼻をついた。

板間の正面には大きな百味簞笥《だんす》がしつらえられ、薬研《やげん》や乳鉢や秤《はかり》などが置いてある。

三丁目の薬種問屋は貧乏人を相手にしない。

勘兵衛もめったなことでは立ちよらない店のひとつだった。

丁稚に呼んでもらうまでもなく、豊蔵は帳場に立っていた。

胸に狆を抱いた恰好で、算盤勘定をまちがえた手代を叱りつけている。

骨格のがっしりした五十男で、よく日に焼けた顔などは漁師のようだ。

あたまに描いた印象と異なっていたので、勘兵衛はいささか驚いた。

「こほん」

咳払いをすると、豊蔵が怒った顔で振りむいた。

眉間《みけん》の縦皺はすぐに消え、満面の笑みに変わる。

「お役人さま、いかがいたしましたか」

「ほほう、抱いておるのが例の、豊吉とか申すお犬さまか」

「さようです。おかげさまで、無事にわが家へもどりました。不肖な娘のせいで、旦那方にはとんだご迷惑をお掛けいたしました。ことに、あのお若い末吉鯉四郎さまにはお骨折りいただきまして。こちらから御礼に伺わねばならぬところ、忙しさにかまけて、つい」

「礼など要らぬよ」

「へ、それはまたどうして……あの、失礼ですが、旦那は」

「臨時廻りの長尾勘兵衛だ」

「長尾さま……あ、おもいだしましたぞ。おとよが閻魔堂でお世話に……これはこれは、わざわざご足労いただき恐縮にございます」

佐伯屋は狆を手代に渡し、着物の裾をぱんと叩《はた》いて正座した。

三つ指をついてお辞儀をし、頭をわずかにあげ、こちらの顔色を窺う。

そして、勘兵衛の携えた麻袋をみつけると、片眉を吊りあげてみせた。

「それは人参ですな」

「いかにも。夕刻、娘御が携えてこられたものだ」

「おとよが」

「礼のつもりだろうが、ほれ、ざっとみて百両ぶんはある」

「さようですな」

「このようなことをされると困るのだ。お返しする」

佐伯屋は麻袋を素直に受けとり、床にぺたっと額をつけた。

「ご無礼つかまつりました。このとおり、どうかお許しくださりませ」

「おいおい、そこまでやらずともよい。くれぐれも、娘を叱らぬように。気持ちはちゃんと受けとったとお伝え願いたい」

「あの、長尾さま……少しお待ちを」

佐伯屋は返事も聞かず、滑るように奥へ引っこんだ。

手代に抱かれた「豊吉」が鼻をひくひくさせている。

尻尾を振りながら、濡れた黒目でみつめてくるのだ。

なるほど、可愛いものだなと、勘兵衛はおもった。

佐伯屋がもどってきた。

手に黄金餅の桐箱を抱えている。

蓋を開ければ横に五列、縦に二列、二十五枚一組で帯封された小判が切り餅のように並んでいるにちがいない。

佐伯屋豊蔵は膝を寄せ、声をひそめた。

「しめて二百五十両、これでも、ご不満にござりましょうか」

勘兵衛はすうっと、鼻から息を吸いこんだ。

佐伯屋は勝ちほこったように、薄く笑ってみせる。

ぷつんと、堪忍袋の緒が切れた。

「ざけんじゃねえ、この大莫迦野郎」

狆が「きゃん」と吠え、尻尾を巻いて奥へ逃げた。

手代は土間に転げおち、丁稚は箒を握ったまま突ったっている。

肝心の佐伯屋は床に目を落とし、両肩をわなわな震わせた。

驚いたのではなく、呆れたのでもなかった。

怒り心頭に発し、震えを抑えきれずにいるのだ。

「おう、佐伯屋、てめえのような商人は犬に食われて死んじまえ」

勘兵衛は捨て台詞をのこし、意気揚々と去りかけた。

「お待ちを、長尾さま」

佐伯屋はさきほどと人が変わったように、匕首《ドス》の利いた声を投げかけてくる。

勘兵衛は、ひょいと振りむいた。

「何でえ、こっちの用は済んだぜ」

「ご冗談を。別の目的がおありなんでしょう」

「んなものはねえ、勘ぐってもらっちゃ困る」

「さようですか」

「もういいかい」

「へえ」

「あばよ、犬なんぞより娘をでえじにしな」

佐伯屋は、ぎりっと奥歯を噛んだ。

不快な音を聞きながら、勘兵衛はちとやりすぎたなと反省した。

七

帰路、勘兵衛は銀次への用事をおもいだし、葺屋町のほうへむかった。

堀川に沿って静まりかえった魚河岸を歩んでいると、誰かに跟《つ》けられているような気がした。

二度ほど振りかえってみたが、人影はない。

そのうちに気配も無くなったので先を急ぐと、荒布橋《あらめばし》を手前にした横丁から痩せた人影があらわれ、行く手に立ちふさがった。

「誰だ」

月代《さかやき》の伸びたむさ苦しい浪人者である。

四十代か、いや、三十前後かもしれぬ。

面頬《めんぼお》のような頬髭《ひげ》のせいで、判別しづらい。

「物取りか」

酔っているのだろう。素面《しらふ》なら、十手持ちかどうかの区別くらいはつく。

勘兵衛は歩を弛めず、ずんずん近づいていった。

浪人者は三白眼に睨みつけ、大刀の柄《つか》に手を翳《かざ》す。

「待て」

勘兵衛は、足を止めた。

「目を見開いてようくみろ、わしは十手持ちだぞ」

浪人者は応じようともせず、ぷつっと鯉口《こいぐち》を切った。

「この、うすら莫迦」

ずらりと、白刃が抜かれた。

三尺はありそうな剛刀である。

しかも、反りが凄い。

まるで、大鎌を抱えた死神であった。

「おぬし、酔うておらぬのか」

「問答無用」

頰髭の男は身を沈め、土を蹴った。

大刀を下段の車《しゃ》に構え、低い位置から寄せる。

勘兵衛は背中の十手を抜き、相手に正対する恰好で身構えた。

男は疳高《かんだか》い叫声をあげ、撃尺の間合いに踏みこんでくる。

「きえっ」

大鎌で葦《あし》の根元を刈るように、地面すれすれで水平斬りを仕掛けてきた。

「ぬわっ」

勘兵衛は意表を突かれ、危うく躱《かわ》したものの、達磨落としの要領ですっ転ぶ。

「きえっ」
刃風が唸《うな》り、土埃が舞いあがった。
二撃目も地面すれすれに薙《な》ぎかかってくる。
勘兵衛は寝転びながら、必死に刃を避けた。
自慢の小銀杏は泥にまみれ、絽羽織は魚の汁で濡れてしまった。
「くそったれ」
若い時分なら素早く跳ねおき、相手の面を割ってやるところだ。
ところが、息を切らしている。
転がって避けるだけで精一杯なのだ。
鋭利な大鎌は容赦なく襲いかかってくる。
こうなったら、堀川に飛びこむしかない。
腹を決めたとき、浪人者の動きが止まった。
刀が手から転げおち、がくっと片膝が折れた。
眼差しが定まっていない。額から血を流している。
足もとに、拳大の石が転がっていた。
誰かの投げた石が額に命中したのだ。

浪人者はふらついた足取りで歩み、仕舞いには堀川へ落ちた。

勘兵衛は起きあがり、ついと首を伸ばす。

浪人者は仰向けの恰好で、水面にぷっかり浮かんでいた。

「抛っておけ」

地の底から、誰かの声が響いてきた。

振りむけば、雲をつくような大男が佇んでいる。

「ふん、あれしきのことで死にゃしねえさ」

勘兵衛は威圧され、ことばも出ない。

「どうしたい。さすがの長尾勘兵衛も寄る年波にゃ勝てねえか、ふへへ」

「お、おぬしが石を」

「おうさ、命を助けてやったんだぜ。ちったあ感謝してほしいな」

「何者だ」

「おれのことよか、あの痩せ犬の正体を知りたかねえかい」

「教えろ」

「佐伯屋に雇われた番犬さ」

「なに」

「深町呉之進《ふかまちくれのしん》とかいう柳剛流《りゅうごう》の遣い手らしいぜ」

「なるほど、臑斬《すねぎ》りの柳剛流か」

「あんた、佐伯屋を怒らせたろう。やつは気の短え男でな、気に入らねえとなったら容赦はしねえ。木《こ》っ端《ぱ》役人のひとりやふたり、消すことも厭《いと》わねえんだよ」

「まさか」

「佐伯屋をみくびっちゃいけねえ。ありゃ、ただの商人じゃねえんだ。いいことを教えてやろうか、やつは安芸広島藩の重臣どもとつるみ、抜け荷に手を染めていやがるんだぜ……おっと、力んだな。あんたにゃ無理だ、やめたほうがいい。臨時廻り風情が口を出すはなしじゃねえ。ま、死にたくなかったら、関わりにならねえこった」

勘兵衛はやっと、落ちつきを取りもどした。

曲がった小銀杏をひょいと直し、相手の目をまっすぐみた。

「忠告はありがたく頂戴した。で、おぬしは何者だ。なにゆえ、わしを助けた」

「いちどきに聞かれても困るぜ。へへ、どうせ、おれのことなんぞ憶えちゃいめえ。二十年前、あんたに助けられた虫螻《むしけら》さ」

「ん」

勘兵衛は羽織の襟を寄せ、男にそっと近づいた。

脇にまわりこみ、月明かりに照らされた横顔を睨みつける。

「あ、おぬしはあんときの……百敲きになった若僧か」

「嘘だろう、憶えてんのか」

「自分で縄打った連中は、ひとりのこらず憶えておる」

「けへえ、そいつは驚いたな」

「おぬしはたしか、西のほうから出稼ぎにきておったな。名は……そう、常《じょう》太《た》郎《ろう》だ」

「そんな名だったかもしれねえ」

「名を捨てたのか」

「あれから二十年だぜ」

「額のその傷、どうしたのだ」

「別に」

「そいつは艾で墨を消した痕じゃねえのか」

「へへ、二十年経ちゃ、いろいろあらあな」

「道を外れたのか」

「あんたのせいさ。あのとき土壇《どだん》に行ってりゃ、こんなことにゃならなかった」

「こんなこと」

「ああ、おれが何者かはいずれわかる」

「華徳院の境内でも、一色町の閻魔店でも、わしを見張っておったな」

「あんたのことは、ずいぶんめえに調べさせてもらった。若女房に逃げられたんだろう、そいつもちょうど二十年前だ。あんた、まだ女房に未練があんのか」

「何でおぬしと静のはなしをせねばならん」

「ふふ、そういや、女房の名は静だったな」

「応えろ、静がどうしたというのだ」

「拾ってやったのさ」

「なに」

　勘兵衛は、顎を外しかけた。

「五年前のはなしだ。ところは言えねえがな、おれは遍路装束で行き倒れになっている女を助けた。ところが、女は何も憶えちゃいなかった。どこで生まれたのか、どうやって生きてきたのか、自分の名さえもおもいだせねえというんだ」

「し……静なのか」

「たぶんな。おれの記憶のなかにある観音さまとうりふたつ、お節介な八丁堀同心の女房にちげえねえとおもったのさ」

「なに」

「おれはな、百敲きになった何日かあと、あんたの家を訪ねたんだ。助けてもらった礼を言おうとおもってな。あんたは留守だった。出迎えてくれたのが、静さまさ。綺麗な女だった。後光が射してたな、薄汚ねえ山出し者のおいらにしてみりゃ、まさに観音さまよ」

「おぬし……ま、まさか」

「けへへ、おれは見てのとおり、野獣も同然の男だ。あのころは若かった。いつもこのあたりが疼《うず》いていた」

男は野卑な笑みを浮かべ、無骨な手で股間を触った。

勘兵衛は、張りさけんほどに目を瞠《みは》る。

「静を……静をどうしたのだ」

「さあて、そいつはご想像におまかせする。あんたの恋女房はひょっとすると、おれとのことが原因《もと》で家を出ちまったのかもしれねえなあ、ぐふふ」

「そいつは嘘だ」

嘘にきまっていると、勘兵衛はおもいたかった。

心の奥底に、青白い炎が燃えだす。

——この男は殺さねばならぬ、どうあっても生かしてはおけぬ。

気がつくと、胸の裡で繰りかえしていた。

「因果は巡る。おれは再会するはずもねえ女を拾った。縁が切れたはずのあんたとも、こうして繋がっちまったというわけだ」

「その女、どこにおる」

「逢いてえのかい、そりゃそうだろうなあ。二十年ものあいだ、悶々《もんもん》と待ちつづけていたんだろう。だがな、今すぐには逢わせられねえ」

「なぜ」

「なぜって、そりゃおれが悪党だからさ、うひひひ」

「おぬしの狙いは」

「あんたの命だよ」

「なに」

「ただし、簡単に死なせたかねえんだ。じわじわとな、この世の苦痛を味わいながら死んでいってほしいのよ」

「わしのような老い耄《ぼ》れの命を奪って何になる」

「強いて言やあ、もやもやした気分が晴れるってことかな。あんたを殺《や》れば、おれのなかでわずかに残った厄介者が消えてなくなる」

「厄介者とは」

「良心だよ」

「良心」

「ああ、そいつと早くおさらばして、おれは悪党街道を突っ走る。手はじめに今夜、おめえのでえじなものを奪ってやる。明日の朝を楽しみにしておけ、あばよ」

大男は袖をひるがえし、ゆっくり遠ざかってゆく。

これは、悪夢ではないのか。

勘兵衛は二、三歩すすみ、よろめいた。

あまりの衝撃に、追う力も出ない。

――うおおん。

山狗の遠吠えが、やけにはっきりと聞こえてきた。

八

いつもどおり、一睡もできずに夜が明けた。

おさよは憑かれたように、人気《ひとけ》のない濠端を歩んでいる。

なぜか、水を張った手桶を提げていた。
覗いてみると、金魚が数匹泳いでいる。
佐伯屋の井戸の底から掬《すく》ってきた赤い金魚たち。
苔《こけ》を食わせるために放ったのだと、女中頭に教わった。
おさよは一石橋《いっこくばし》を渡り、呉服橋御門のまえを通りすぎた。
昨夜、すがたをみせた勝次に、詳しい間取図を手渡した。
ごまかしはない。お宝の在処も朱で記してやった。
考えがある。
佐伯屋がどんな悪党でも、押しこみ強盗を許してはならない。
そう決めた。一味を売ることを決めたのだ。
決行は明晩、亥ノ四つ半あたりだろう。
月の出は遅い。真夜中から夜明けにかけては月明かりが邪魔になる。
一味を佐伯屋に導き、そこで一網打尽にしてもらおう。
おさよは鍛冶橋《かじばし》御門前も通りすぎ、比丘尼橋《びくにばし》を渡った。
突如、人の気配が立った。
心ノ臓がきゅっと縮こまる。

三間《げん》ほどさきの草叢から、頭髪を剃りあげた女が顔を差しだした。
白塗りの老いた女だ。足を引きずりながら、土手下へ降りてゆく。
京橋川の汀には、小舟が何艘《そう》か浮かんでいた。
比丘尼と呼ばれる私娼たちが遊客を誘う舟だ。
頭を青剃りに剃りあげ、白い袈裟衣を纏い、船上で客の相手をする。
安価で、しかも功徳を与えられた気になるので、酔客はけっこう引っかかる。
さきほどの老いた女も、比丘尼なのだろう。
が、同情は湧かない。
自分も、五十歩百歩の人生を歩んできたような気がする。
かりに、そうであったなら、記憶を失ったことがかえって好都合におもえてくる。
嫌なことしかない思い出など、ないほうがよい。
そんなふうに、おさよは自分に言い聞かせてきた。
でも、やっぱり歯痒《はがゆ》くて仕方ない。
どうしようもない人生でも、真っ白な人生よりはましだ。
江戸に来て、なおさら、記憶を取りもどしたいおもいは募った。
なかでも、八丁堀界隈を歩んだときは、大きく期待が膨らんだ。

やはり、あそこに何か手懸かりがあるにちがいない。
手懸かりといえば、長尾勘兵衛という同心もそうだ。
八丁堀と長尾勘兵衛、そのふたつが自分の人生に深く関わっていたような気がする。
おもいきって、訪ねてみようか。
おさよの瞳が輝いた。
そのまえに、やらねばならぬことがある。
おさよは比丘尼につづいて土手を降り、汀に屈んで手桶をかたむけた。
「さあ、お逃げ」
金魚たちをことごとく逃がし、手桶もついでに川へ捨てた。
朱色の紙魚《しみ》が水面に揺れながら、瞬く間に遠ざかってゆく。
おさよは土手をあがった。
みずからしたためた奉書紙を握りしめる。
紙には惣五郎一味が襲う場所と日時が記されていた。
めざす数寄屋橋御門は、目と鼻のさきに聳《そび》えている。
厳《いか》つい門を潜れば、月番の南町奉行所がそこにある。
六尺棒を手にした門番が、厳しい表情で立っていた。

おさよの足が止まった。

最後の最後にきて、金縛りにあったようにからだが動かない。

極悪人の惣五郎を裏切ることが、なぜ、これほど難しいのだろう。

おさよは歯を食いしばり、鉛の足を引きずった。

気づいてみれば、門の周辺が何やら騒がしい。

「殺しだ、殺しだ」

誰かが叫びながら、奉行所へ駈けこんでゆく。

まちがいない、惣五郎が誰かを殺めたのだ。

おさよの顔から、さあっと血の気が引いた。

九

卯平が死んだ。

卯平ばかりか、親子三人が無惨な殺され方をしたと聞き、勘兵衛は両手で顔を覆った。

予言どおり、あの男は勘兵衛からたいせつなものを奪ったのだ。

「父上、どうなされたのです」

「ひとりにしてくれ」

と頼んでも、綾乃は蒼白な顔で震える父を案じ、横について離れない。

仕方なく、勘兵衛はぼそぼそ語りはじめた。

「佐伯屋の娘が礼に来たであろう」

「はい、何でも巾着切を捕まえていただいたとか」

「巾着切の真似をしたのが卯平だ。わしは卯平がそうせねばならなかった事情を聞き、安直にも助けてやった。そのせいで、やつは……いや、卯平だけではない、八つの洟垂れまで巻きぞえを食わせちまった」

「なぜ、父上のせいなのですか」

「十手持ちの仏心を毛嫌いする野郎がいてな、そいつにとっちゃ、おれのやっていることが薄っぺらな同情にみえるらしい」

「だからって、父上が情けを掛けた相手を殺めるだなんて、そんなこと……信じられません」

「世の中にゃ、まっとうな尺度で計ることのできねえ化け物がいるんだ。くそっ」

静のことは、口が裂けても綾乃には言うまい。

勘兵衛は立ちあがり、両刀を腰に差した。

「父上、どこへ行かれるのです」

「ほとけのところだ」

そこへ、鯉四郎が血相を変えて駈けこんできた。

「長尾さま、至急、数寄屋橋へご足労願いたし」

「卯平殺しか」

「いえ、別件にござります。門倉さまからのご指示です」

「指示の内容は」

「お聞かせ願えませぬ。おそらくは、鬼灯の惣五郎一味に関することではあるまいかと。南町奉行所の廻り方はすべて参集せよとのことです」

「なに、それを早く言え」

卯平親子が殺されたからといって、立ちどまってなどいられない。

勘兵衛は、めまぐるしく頭を回転させはじめた。

御下知者惣五郎の額には、安芸広島藩領内の罪人に科す「犬」の字が入れ墨されてあるという。

魚河岸で対峙《たいじ》した大男の額には、艾で墨を消した痕があった。

あの男が鬼灯の惣五郎なのだ。

佐伯屋が広島藩の御用達であることも、繋がってくる。

惣五郎らしき男は、やけに佐伯屋のことを調べていた。

抜け荷に手を染めているかどうかは、この際、どうでもよい。

一味の狙いは佐伯屋なのだと、勘兵衛はおもった。

案の定、奉行所へ出仕してみると、吟味方与力の門倉角左衛門より通達があった。

「明二十五夜、惣五郎一味が薬種問屋を襲うとの訴人あり。狙いは日本橋本町三丁目の佐伯屋、各自、万端の手筈を整えたうえで賊を誘きよせ、一網打尽にすべし」

勘兵衛は大広間での通達ののち、門倉から別室に呼びだされた。

外見と姓名から受ける印象は、いかにも四角四面の上役だが、門倉という男は存外にはなしがわかる。物事の道理をわきまえながらも、吟味に温情を感じさせる与力であった。

しかも、奉行の根岸肥前守の懐刀で、与力のなかでは唯一、勘兵衛の力量を知る人物だ。

「長尾、おぬしを呼んだのはほかでもない。訴えの経緯を教えてやろうとおもうてな」

「なにゆえ、それがしに」

「きまっておろうが。あとで考えが聞きたいからよ」

「はあ」

「訴えた者は佐伯屋豊蔵、賊に狙われた張本人だ」

「ほほう」

「先だって、おさよという女を雇ったらしいのだが、動きにどうも不審な点がある。気を付けて見張っておると、部屋の間取図らしきものを作成していた。益々怪しいとおもい、持ち物を秘かにあらためてみると、荷の裏蓋に紙が一枚貼りつけてあった。そいつがこれだ」

門倉は六つ折りにたたまれた紙を開き、畳のうえに置いた。

「それは例の」

額に「犬」と書かれた御下知者の手配書だった。

「余白をみろ」

――二十五夜。

とだけ、走り書きされてある。

「佐伯屋は、すぐにそれが押しこみの日付だと察したらしい」

「それで、奉行所へ」

「血相を変えて駈けこんできよった。あれが芝居なら、中村座の舞台に立てるかもな」

「門倉さまは芝居かもしれぬと」

「半信半疑なのよ。それと申すのも、大目付の筋から、安芸広島藩の一部重臣どもが御禁制の俵物を勝手にさばいておるとの噂があっての。事実ならば、かならずや御用達商人が結託しておるはずだ。佐伯屋の名は出ておらぬが、佐伯屋であるやもしれぬ。さような者の訴えを鵜呑みにしてよいものかどうか、おぬしにも考えを聞こうとおもうたのよ」

「さては佐伯屋、拙者の名を口走りましたな」

「ふふ、さすがに勘がよいな。狆騒動から、愛娘がおぬしに助けられたことまで、事細かく喋っていきおった」

「されば、破落戸《ごろつき》浪人を仕向け、拙者を闇討ちにいたそうとしたことも喋りましたか」

「なに、そんなことがあったのか」

「いささか、怒らせてしまいましてな。すんでのところで命拾いいたしましたが、拙者を救ってくれた男は額の墨を艾で消しておりました」

「まさか……惣五郎だと」

「おそらく、そうではないかとおもいます」

二十年前の因縁を話して聞かせると、門倉は眉をひそめた。

「じつは、今朝ほど無惨な遺体でみつかった深川の香具師殺しの一件も、拙者と惣五郎の因縁に深く関わっております」

「どういうことだ」

勘兵衛は惣五郎が卯平殺しを匂わせていたこと、殺す理由が自分への逆恨みであった公算が大きいことなどを、かいつまんで説いた。

「おぬしを助け、卯平一家を殺したのが惣五郎だとすれば、狙いが佐伯屋だということはほぼまちがいないな」

「は」

「すると、やはり、明晩は気合いを入れて警戒せねばならぬか」

「ただ、訴人が佐伯屋本人だったという点が、ちと解せませぬ。だいいち、大店の主人が下女の動きを逐一見張れるものでしょうか」

「わしもそこが引っかかったのよ。だが、信じぬ理由もない。佐伯屋は狂言を演じても、一文の得にもならぬのだ」

「たしかに、そうですな」

「決め手は、おさよとか申す女さ」

「引きこみ役ですか」

「ふむ、敵の裏を搔かねばならぬのでな、賊が網に掛かるまでは泳がせておくつもりだ」

勘兵衛のなかで、おさよという女が大写しになりつつあった。

――静なのか。

額に玉の汗が浮き、心ノ臓が早鐘を打ちはじめる。

「長尾、どうした」

「すみません、つい考え事を」

いかに相手が門倉でも、静のはなしだけは口にできなかった。

引きこみ役の女が静であれば、縄を打たれて一巻の終わりなのだ。

二十年ぶりに再会できたとしても、静は市中引きまわしのうえ、小塚原《こづかっぱら》の刑場へ送られる。首を刎ねられたあとも、死に首を獄門台に晒《さら》される運命が待っている。

勘兵衛は冷静でいられなくなり、頭も混乱してきた。

それと知らずに、門倉は勝手に自分で納得している。

「やはり、佐伯屋の訴えを信じるか。長尾、明晩はおぬしも鎖鉢巻きに襷《たすき》掛《が》けで立ちまわりを演じねばなるまいぞ」

「は」

返事はしてみたものの、おさよのことが気になって仕方ない。

敵が餌に掛かるまで、佐伯屋の周辺を彷徨《うろつ》いてはならぬと厳命されているものの、勘兵衛はどうにかして、おさよに会わねばならぬとおもった。

十

おさよはずいぶんながいあいだ、顔を水面に映していた。

自分の顔を眺めているのではない。粉々になった記憶の断片を丹念に拾いあつめ、継ぎ接ぎでもよいから修復しようとしているのだ。

七月の陽光に首の後ろを焼かれ、時折、眩暈《めまい》がした。

それでも、おさよは必死のこころみをつづけた。

せっかく書いた奉書紙は汗でくたくたになり、文字も滲んで読みづらくなっている。

もうよいのだ。訴人はやめた。惣五郎も佐伯屋も、今はどうでもよい。

むかしの記憶が甦りつつある。ぼんやりとした輪郭を明確なものにしようと、おさよは必死だった。

「だめ……もう少しなのに」

やはり、長尾勘兵衛を訪ねてみよう。

そう決心し、おさよは腰をあげた。

こんなこともあろうかと、番頭と女中頭には千住の母親が危篤なので半日だけ実家に帰らせてほしいと頼んできた。暮れ六つまでにもどれば、許してもらえるだろう。

数寄屋橋から八丁堀までは、さほど遠くもない。

京橋川に沿って、南にくだればたどりつく。

長尾勘兵衛の同心長屋は、地蔵橋のそばにある。

満天星の垣根に囲まれた瀟洒《しょうしゃ》な佇まい、表店は金瘡医が借りているはずだ。

誰に聞いたわけでも、調べたわけでもない。

五月雨《さみだれ》のように浮かんでは消える記憶の一部にあった。

おさよは地蔵橋を渡り、勘兵衛の屋敷をみつけた。

露地も生垣も道端に植わる木々も、何もかもが懐かしい。

ふと、ここに住んでいたのかもしれないとおもった。

箸《はし》が転んでも可笑しかった若い時分のはなしだ。

鼻先に、滴るような緑の垣根がつづいている。

「満天星」

なぜか、涙が零れてきた。

足がまえに出ない。

踏みこむ勇気がもてないのだ。

垣根のまえで行きつ戻りつしていると、辻むこうから妙齢の娘がやってきた。

おさよは俯き、やり過ごそうとおもったが、娘はこちらに近づいてくる。

「あの、何か」

息の掛かるほどの間合いから、声を掛けられた。

おさよは顔もあげられず、蚊の鳴くような声で応じた。

「道に、迷ってしまいました」

「どなたさまをお訪ねですか。ご近所のことなら、たいてい存じておりますよ」

おさよは勇気を奮いおこし、尋ね人の名を洩らす。

「あの、長尾勘兵衛さまのお宅は」

「長尾勘兵衛は、わたくしの父です」

「え」

おさよは目をあげた。

心ノ臓がどきんとする。

一瞬、合わせ鏡でも眺めているような錯覚にとらわれた。

われにかえると、芙蓉《ふよう》のように美しい娘が微笑んでいる。

「綾乃と申します。こちらが拙宅ですよ」

娘は屈託のない笑みを湛え、玄関口へ招じてくれた。

「父は留守にしております。少しお待ちいただければ、もどってまいりましょう」

「い、いえ。ご用はないのです。南茅場町の薬師さんへ詣ったその足でご挨拶に伺っただけですから」

「そうですか、せっかくお訪ねいただいたのに。あの、失礼ですが、父とはどういう」

「むかし、お世話になったものです」

情感を込めて言うと、綾乃は顔をみつめかえしてきた。

おさよはどぎまぎした。心ノ臓の音が耳に聞こえてくる。

――綾乃、綾乃。

と、心のなかで繰りかえすだけで、掛けることばもみつからない。

ただ、目の前の娘を抱きしめてやりたい衝動に駆られた。

「あの、お名をお聞きしてもよろしいですか」

「は、はい。さよです、さよと申します」

「さよさま」

「尾道からまいりました」

「安芸の尾道ですか。それはまた、ずいぶんご遠方から」

綾乃の温かい気遣いに、おさよは落ちつきを取りもどした。

「綾乃さま、今は何を」

「医術を学んでおります。できれば、お医者さまになりたいのですが、父は反対しております。女医者なぞになれば、嫁の貰い手がなくなるというのが口癖で。そんなこと、心配せずともよいのに」

「でも、お父上をご安心させてあげるのも、娘のおつとめですよ」

自分でも予期せぬ台詞が飛びだしたので、おさよは驚いて口に手をやった。

「す、すみません。つい、余計なことを口走ってしまいました」

「いいんです。そんなふうに仰っていただけるお方もありません。なんだか、嬉しい気もいたします」

にっこり微笑まれ、おさよはぐっと詰まった。

二十年来忘れていたおもいが、一気に込みあげてくる。

たまらずに俯き、深々と頭をさげた。

「それでは、失礼させていただきます」

「父にお伝えします、旅籠《はたご》はどちらに」

「いいえ、お訪ねくださりませぬよう」

「でも」

「また、寄させていただきますから」

「そうですか……あの、尾道のほうへはいつ」

「まだ、決めかねております。それでは、失礼いたします」

おさよは、綾乃に背をむけた。

このまま去ってしまえば、二度と逢うこともなかろう。

「あの、お待ちを」

背中に声を掛けられ、おさよは半身になった。

「明後日は六夜待ちです。夜更けてから、みなで高輪へ月見に出掛けます。茶屋の名は大木戸を越えたところにある岬亭《みさきてい》」

「岬亭」

「はい、長尾勘兵衛の名を出していただければすぐにわかるはずです。よろしければお越しください、月のみさきへ……お待ちしております」

「ありがとう」

おさよは振りかえって腰を屈め、もういちど丁寧にお辞儀をした。

「さようなら」

「さようなら」

綾乃は手を振ってくれている。

ほんとうに良い娘だ。良い娘に育ってくれた。

いまだ、記憶は完全にもどったわけではない。

だいいち、自分のほんとうの名もおもいだせないのだ。

が、ひとつだけ、確信できたことがある。

綾乃は、自分が産んだ娘にまちがいない。

ならばなぜ、綾乃は母の顔を判別できなかったのか。

と、そこまで、今のおさよには考える余裕もなかった。

おもいがけず娘に再会できた喜びと、また逢えるかもしれないという期待に胸を膨らませていた。

「さて、どうしよう」

佐伯屋へもどる気も失せた。

「そうね」

もどらなければ、引きこみ役もやらなくて済む。

どうして、そんな簡単なことに気づかなかったのだろう。

このまま、どこかへ消えてしまえば、誰にも迷惑を掛けずに済む。
おさよは曲がり角まですすみ、もういちど後ろを振りかえった。
満天星の垣根がつづくむこうに、綾乃がぽつんと立っている。
おさよは、我慢できなくなった。
大粒の涙が溢れ、頬を伝って流れおちた。

十一

味噌汁の匂いがする。
昼餉《ひるげ》か。
勘兵衛は、腹の虫が鳴ったのも忘れていた。
萎《しお》れた茄子《なす》のような顔で、八丁堀の狭苦しい道を歩んでいる。
佐伯屋を秘かに訪ねてみたが、おさよは居なかった。
母親が危篤で千住の実家へ帰ったのだとか。
おおかた、惣五郎の指示を取りつけにでも行ったのだろう。
わざわざ千住とことわったからには、宿場に一味の潜伏する盗人宿があるのかもしれない。が、臆測で動く余裕はもうなかった。

惣五郎一味は明晩、本町三丁目の佐伯屋を襲う。

南町奉行所は根岸鎮衛が老体に鞭打《むちう》ち、みずから陣羽織を着込んで陣頭指揮を執るほどの気の入れようだった。

今日のところは平静を装っているが、明日になれば物々しい扮装《いでたち》の捕り方が百人、二百人と参集してくる。奉行所内は蜂の巣をつついたような騒ぎになることだろう。

今日中にどうしても、おさよに会わねばならぬ。

もし、おさよが静ならば、死なせるわけにはいかない。

惣五郎のもとでどのような罪をかさねてきたとしても、誰かに縄を打たせるわけにはいかなかった。

簀戸門を潜って庭へまわると、綾乃が洗濯物を干していた。

「あ、父上」

「どうした、何かあったのか」

「一刻ほどまえ、おさよと名乗るお方がおみえになりましたよ」

「なに」

「何でも、父上にむかしお世話になったことがおありだとか」

「おまえ、おさよの顔をみたのか」

「もちろんです、妙なことを仰いますね」

「どうであった」

「どうって」

「どんな顔をしておった」

「長旅のせいか、少し窶れておいでのようでした」

「長旅とは」

「なんでも、安芸の尾道から出ておいでになられたとか」

勘兵衛は息を吞んだ。

「何か申したか」

「何かとは」

「言伝のようなものじゃ」

「いいえ、別に」

「さようか」

「気のせいかもしれませせぬが、わたくしの顔をじっとみつめ、涙ぐんでおられたような」

まちがいない、静だ。

記憶を取りもどし、何かを伝えにきたのだ。

おもいがけず、娘との再会を果たしたものの、素姓を告げる勇気が持てなかったにちがいない。

いったい、何を伝えにきたのか。

惣五郎を売る気で訪れたのだろうかと、勘兵衛はおもった。

「父上、明後日のことはおぼえておいでですか」

「ん、何であったかな」

「ほうら、やっぱりお忘れですね。明後日は月のみさきで六夜待ち、そうお約束したはずでしょ」

「ふむ、そうであったな」

「おさよさまもお招きいたしました、来られるかどうかはわかりませぬが」

「そうか」

明後日のことよりも、明日のことが案じられる。

「父上、西瓜《すいか》があります。昼餉のあとにどうぞ」

「昼餉はよい。すまぬが水を一杯くれ」

「はい、ただいま」

勘兵衛は雪駄を履いたまま、縁側に座った。

燦々《さんさん》と降りそそぐ陽光が恨めしい。

月代の汗を甲で拭い、溜息を吐く。

そこへ、丸盆がすっと差しだされた。

愛用の茶碗が置かれている。

「冷たい井戸水ですよ」

「おう、そうか」

勘兵衛は美味そうに水を呑んだ。

「ぷふう、何よりの馳走だな……綾乃」

「はい」

「おぬし、母上のことを憶えておるか」

「え、唐突に何ですか」

「憶えておらぬであろうな。おぬしが最初の誕生日を迎えた年の暮れ、母はこの家を出ていった。理由はわからぬ。綾乃を頼むと書き置き一枚残して、糸の切れた凧《たこ》のように居なくなったのだ」

「はい、そのおはなしは一度、父上に伺いました」

「母を、恨んではおらぬか」

「恨みようがありませぬ」

「そうか」

綾乃にとって、産みの母親は必要なかったということか。

「憎いとも悲しいとも、おもったことはありませんが、ただ」

「ただ、何だ」

「憧れておりました。幼いころから、ずっと」

綾乃は、母親というものに憧れを抱いていたのだ。

勘兵衛は何も言えなくなった。

やおら腰をあげ、炎天のなかへ一歩踏みだす。

「父上、おもどりは」

「たぶん、夕餉にはもどれるとおもう」

「冷や奴とそれから、夕鰺《ゆうあじ》でもご用意しておきます」

「夕鰺か、楽しみだな。されば、行ってまいる」

「行ってらっしゃいませ」

綾乃は縁側に三つ指をつき、顔をあげようともしない。

泣いているのかと、勘兵衛はおもった。
母の温もりを、おもいだしたのだろうか。
やはり、綾乃には母親が必要だったのだ。
「今からでも遅くはない」
勘兵衛は明晩まで、佐伯屋を張りこもうとおもった。
夕鯵は口にできぬ。
綾乃の悲しがる顔をみたくはなかったが、致し方あるまい。
惣五郎一味を捕縛することよりも、いかにして女を救うか。
そのことだけに、勘兵衛は思案をめぐらせていた。

十二

日没から半刻が経過しても、おさよは戻ってこない。
佐伯屋の周囲は、不気味なほど静まりかえっている。
勘兵衛は裏手の雑木林にまわり、藪《やぶ》蚊《か》に食われながら勝手口を見張った。
まんがいちのため、表口は銀次に見張らせている。

表と裏を、三平が影のように行ったり来たりしていた。
奉行所に動きがあれば、鯉四郎が馳《は》せさんじることになっている。
勘兵衛は蓮の葉の包みを解き、銀次から差しいれのあった握り飯を頬張った。
仁徳はいまごろ、冷や奴と夕鰺を肴に池田満願寺の下り酒でも呑んでいることだろう。
「羨《うらや》ましいな」
こっちは藪蚊に食われたところを掻きくずし、臑を血だらけにさせている。
それにしても、おさよは来ない。
さらに半刻が過ぎ、勘兵衛の不安は膨らんだ。
引きこみ役のおさよが居なければ、惣五郎一味は動きを起こすことができない。
「さては、あきらめたか」
佐伯屋が奉行所へ訴えたことを、察知したのかもしれない。
神出鬼没の惣五郎ならば、あり得ぬはなしではなかろう。
罠と気づいて、おさよを引きもどしたとも考えられる。
いや、そうではない。
おさよは、自分の意志で八丁堀へやってきた。
悪党を売ろうか売るまいか、迷いつづけているのだ。

そうした女の逡巡《しゅんじゅん》を、惣五郎が見抜けぬはずはない。

「ひょっとすると……」

最初から、おさよの裏切りを見込んでいたのではないか。

勘兵衛は、はっとした。

惣五郎はなぜ、魚河岸にすがたをみせたのだろうか。

なにゆえ、卯平親子をこれみよがしに斬殺したのか。

すべて、一味の狙いが佐伯屋にあることを印象づけるための動きだったとすれば、いったい、何のためにそんなまわりくどいことをやったのだろう。

捕り方の目を、日本橋のまんなかへ釘付けにしておく。

「……そのためか」

狙いは別の場所かもしれぬ。

襲撃の日取りも明晩ではなかろう。

六夜待ちの明後日でもあり得ない。

となれば。

「今夜だ……くそっ」

勘兵衛は藪から逃れ、表口を見張る銀次に声を掛けた。

「銀次、とんだ見込みちがいかもしれん」

「どうなすったんです」

「佐伯屋は撒き餌だ。賊の狙いはほかにある」

「ほかと申されても、さがしようがありやせんぜ」

「いいや、ひとつだけあるぞ。佐伯屋だ。豊蔵は何かを知っているとみた」

「なるほど、訴えは狂言だったと」

「下女に雇ったおさよの動きを、大店の主人が逐一見張らせておるわけがない。それに、おさよが人相書を持ち歩いていたというのも解せぬ。怪しいとはおもわぬか」

「おもいやす。ただ、そいつはおもうというだけで、証しはなにひとつありやせんぜ」

「人は崖っぷちに立たされると、妙に冴えてくるものだ。わしの描いた筋を聞くか」

「へい」

「佐伯屋は惣五郎とつるんでおるのだ。そうでなければ、狂言を演じる意味はない」

「するってえと、極悪人と悪徳商人が手を結び、捕り方の裏を掻こうとしていると」

「そのとおり。ただし、連中には計算の狂いが生じた。女だ。惣五郎はむしろ、おさよの裏切りに期待していたのだ。おさよは必ず惣五郎を売る。そう読んでいたところが、最後の一線で踏みとどまった。詮方なく、佐伯屋自身が訴人となって動いたのさ」

「佐伯屋が惣五郎とつるむ狙いは何でやすかね」

「襲う相手がわかれば、おのずと真相は炙《あぶ》りだされてくる」

ともあれ、佐伯屋は捕り方の注目を集めると同時に、あくまでも、賊に狙われた商人という印象を植えつけたかったにちがいない。要するに、惣五郎に襲わせる真の相手というのは佐伯屋と深く関わっており、なおかつ、敵対する相手なのだろう。

「後々、寸毫《すんごう》も疑われぬため、猿芝居を打ってみせる必要があったのさ。そいつが墓穴を掘ることになるとも知らずになあ」

「でも旦那、たといそうだとしても、どうなさるんです。今から佐伯屋に押しかけ、豊蔵の口を割らせようってんですかい」

「ほかに手があるか」

「石橋を叩いてでも渡らねえ旦那らしくねえやり方だ。いくらなんでも無茶苦茶すぎる」

「無茶を承知でやらねばならぬときもある」

「はあ」

「一味が動くのは今夜だ。町木戸の閉まる亥ノ刻あたりがいっち怪しい」

「あと一刻しかねえ」

「そういうこと、躊躇してはおられぬ」

勘兵衛は袖をひるがえし、胸を張って歩みだした。

大店の木戸を敲くと、件の丁稚小僧が顔を出す。

「豊蔵はいるかい」

ぞんざいな口調で吐きすて、銀次ともども勝手に潜り戸を抜けた。

奉公人たちがいっせいに振りむく。

豊蔵は落ちつかぬ様子で、帳場のまえを行ったり来たりしている。

主人の胸に抱かれた「豊吉」が、いちはやく勘兵衛に気づいた。

「きゃん」

豊蔵が、おもいきり眉をひそめた。

「どなたかとおもえば、長尾さま。何の御用です。こんな刻限に訪ねてきてよろしいのですか。盗人どもが、どこかで夜目を利かせておるかもしれぬのですよ」

「小銀杏にうろつかれると、困るってのかい」

「困るのは、旦那方でしょう。手前どもは身を犠牲にしてでも、惣五郎一味の捕縛にご協力申しあげる所存なのですよ」

「殊勝なこった。ふん、善人面もそこまでだ」

「何を仰います。意味がわかりませんな」

「だったら、わからしてやろう」

勘兵衛は雪駄を履いたまま、ひょいと板間に飛びのった。

「土足で何のまねですか」

「恥を掻きたくなかったら、人払いしたほうがいい。ちと、聞きてえことがある」

豊蔵は言うとおりにした。

表から奉公人はいなくなり、狆だけが残った。

「豊吉も逃がしてやれ」

勘兵衛は、十手を引きぬいた。

狆は主人の腕から逃れ、扉の隙間からむこうへ消えた。

「教えてほしいことはひとつだ。そのめえに両手を出してみ」

「両手を……何をなさるというのです」

「いいから、手を出せ。甲をうえにしろ」

ちょうど、土下座をするような恰好だ。

豊蔵は渋々ながらも、指示にしたがった。

銀次は土間に立ち、空唾を呑みこんでいる。

勘兵衛は腰を屈め、朱房の十手を肩に担いだ。

「おれはこうみえても気が短けえ男でな。涼しい顔で嘘を吐かれんのが、なめくじよりも嫌えなんだ。お、佐伯屋、嘘を吐いたら、地獄をみることになるぜ。そのかわし、ちゃんと応えてくれたら情状酌量の余地はある。いいかい、いちどしか訊かねえぜ。惣五郎の真の狙いは誰だ」

「な、何を仰っておられるのやら、手前にはさっぱりわかりませぬな」

豊蔵は口端をひんまげ、嘲笑してみせる。

勘兵衛は表情も変えず、十手を振りおろした。

砧《きぬた》で布を叩く要領だ。

ぐしゃっと、骨の砕ける音が響いた。

「ぐひぇええ」

豊蔵は砕かれた右手の甲を胸に抱き、板間から土間へ転げおちた。

転げおちても、悲鳴をあげつづけている。

奉公人たちが扉のむこうに集まった。

勘兵衛は気にも掛けない。

「地獄をみると言ったろう。銀次、そいつをふんじばれ」

「へい」

銀次に早縄を打たれ、豊蔵は膏汗《あぶらあせ》を滴らせた。

勘兵衛が、板間のうえから見下ろす。

「無間《むげん》地獄はまださきだぜ。銀次、つぎは右足の臑だ」

「へい」

「うわっ……や、やめてくれ」

羽交いじめにされ、豊蔵は泣きだした。

銀次に裾を捲られると、大声で喚《わめ》きちらす。

「た、たのむ……む、むごいことはやめてくれ」

「もういちど訊こう。惣五郎の狙いは誰だ」

「そいつを喋ったら、殺される」

「脅されていたのか」

「は、はい」

嘘だなと、勘兵衛は直感した。

むしろ、佐伯屋のほうから近づいたのだ。惣五郎を江戸へ呼びよせたのも、佐伯屋にちがいない。が、ここは嘘に乗ってしまおうと、勘兵衛は考えた。

「そうかい、可哀相になあ。脅されていたのなら、御奉行も大目にみてくれるさ。せいぜい身代半分の闕所《けっしょ》で済むだろうよ。ま、おめえは隠居を迫られるだろうが、店の暖簾《のれん》はしっかりのこる。娘のおとよに継ぐ気があればのはなしだがな」

「わ、わかりました……も、申しあげます。築地に三倉屋《みくらや》さんの塩蔵があります」

「三倉屋」

「はい、塩を一手にあつかう広島藩の御用達にございます」

「なるほど」

おぼろげながらも、筋は読めた。

三倉屋は佐伯屋の抜け荷に勘づき、告発しようとしていた。あるいは、告発しないかわりに、金銭か利権を要求していたのかもしれない。そうなれば、潰すしかない。佐伯屋は切羽詰まったあげく、悪党一味と手を組むことにした。惣五郎を江戸へ呼びよせ、三倉屋を潰す悪巧みを考えついた。

おおかた、そんなところだろう。

佐伯屋は苦しげに喘いでみせる。

「塩蔵に千両箱はありません。塩が俵で積んでございます」

「それを盗むというのか」

「いいえ、盗むのは塩船です」

「なんだと」

三倉屋の取りあつかう献上塩、これが塩船に二千俵ほど積載され、今夜、大型船で運ばれてくる。本船は鉄砲洲沖に碇泊《ていはく》させ、明朝から艀《はしけ》による荷卸し作業が一斉にはじまる段取りらしい。

「なるほど、二千俵の献上塩を満載にした塩船か」

献上塩が盗まれれば、三倉屋は面目を無くして廃業に追いこまれる。

しかも、それだけの塩がそっくりなくなれば、塩の値段は急騰する。

江戸の塩相場にも影響する。

惣五郎は盗んだ塩を売って大儲けできる。

千石船一艘ぶんの塩、しかも品質の高い献上塩ともなれば、莫大な利益が期待できよう。

碇泊している船を強奪すればよいだけのはなしなのだ。蔵の錠前を破り、重い千両箱を担ぎだすよりは楽であろう。

惣五郎ははなしに乗った。

佐伯屋の狙いも、きっと塩相場にあるのだ。

すでに抜け目なく、大量の塩を購入してあるにちがいない。

が、あくまでも、佐伯屋は惣五郎にすべての罪を押しつけようとしている。

「決行は今夜だな」

「はい、子ノ刻までには決行の運びと聞いております」

「ようし」

勘兵衛は睨みを利かせ、歌舞伎役者のように見得を切る。

「銀次、急げ」

「合点承知」

銀次は鼬《いたち》のごとく夜道を駈けぬけ、小半刻後には数寄屋橋御門内に注進できよう。

速やかに捕り方の手配がなされたとしても、間に合うかどうかは紙一重のところだ。

銀次が居なくなると、佐伯屋は苦しげに息を吐いた。

「長尾さま……こ、これで、ぜんぶ喋りましたぞ」

「ああ、確かに聞いた。ところで」

「まだ何か」

「女の行方に心当たりはないか」

「ござりませぬ……て、手前も、さきほどから案じておりました」

今夜は佐伯屋に居なければならぬはずの女が、行方知れずになった。豊蔵はそのことに不安を感じている。となれば、やはり、おさよは惣五郎の意志とは別に動いていると考えてよい。

この広い江戸のどこかを、ひとりでほっつき歩いているのかもしれない。

「きゃん、きゃん」

狆が吠えた。

扉の隙間から鼻を差しだし、脅えた眸子でみつめている。

狆の眼差しを避けるように、勘兵衛は店を出た。

十三

文月二十四夜、船手奉行の日誌にはこうある。

——亥の四つ半ごろ、南町奉行根岸肥前守様御要請により出役《でやく》あり、築地鉄砲洲沖にて碇泊中の長五十尺、幅二十五尺の塩船一隻、纜《ともづな》を解いた直後に拿捕《だほ》。船手奉行配下の鯨船十余艘、船首に御用提灯を掲げて塩船を取りかこみ、明け方までに配下七十有余移乗して捕縛に当たるも、惣五郎一味の者六名は斬り死。首魁惣五郎のみは金瘡《きず》を負いながらも海に飛びこみ、取り逃がし候。

惣五郎の捜索は周辺の海陸両方に亘《わた》って隈《くま》無くおこなわれたが、翌朝になり取り逃がした公算は大となった。

勘兵衛は奉行の根岸から直々に慰労のことばを頂戴したものの、落ちつかない気分だった。惣五郎は屍骸《むくろ》となって沖に流されたにちがいないと、暢気なことを抜かす同僚もあったが、まちがいなく生きのびていると確信していた。

惣五郎の動向も気になったが、何よりも案じられるのはおさよの行方である。

不慣れな江戸のどこに潜んでいるのか。

惣五郎のほうに、さきに捜しあてられてしまうのではないか。

時が経つごとに、焦燥は募ってゆく。

勘兵衛は明け方から夕刻まで、おさよが立ちまわりそうなさきへ足を延ばした。

それは静が二十年もまえに働いていた亀戸天神の水茶屋であったり、綾乃のお宮参りに行った湯島天神であったり、ふたりでよく出掛けた嬬恋《つまごい》稲荷や両国広小路や不忍池の界隈であったりしたが、ことごとく徒労に終わった。

「父上、どうして、そんなに必死になられるのです」

綾乃に諫《いさ》められ、勘兵衛ははっとした。

桶の水に映った自分の顔は、一気に老いてしまったようにもみえた。

まるで、玉手箱を開けてしまった浦島太郎のように。そう、自分は玉手箱を開けようとしているのかもしれないと、勘兵衛はおもった。

玉手箱を開かねば、静の面影は封じこめられたまま、永遠に色褪せることはない。箱を開けてしまった途端、目にしたくなかった現実を突きつけられるのだ。

ほんとうに、逢ってよいのか。

次第に恐れが膨らんでゆくのがわかる。

いや、逢わねばならぬ。

静と再会しないかぎり、何も解決できないのだ。

飯も食わずに駈けずりまわっている自分が、滑稽におもえてくる。

「どうして、そんなに必死になられるのです」

勘兵衛は言い訳もせず、充血した目で娘の問いに頷くしかない。

綾乃は、おさよの正体に勘づいてしまったようだった。

が、敢えて口には出さずにいてくれた。

「父上、待ちましょう。明晩、月のみさきに、きっと来る。そう信じて、待ちましょう」

勘兵衛は日没後も、夜の町を当《あ》て所《ど》もなく徘徊《はいかい》した。

鯉四郎と銀次が手伝ってくれたものの、正直、捜しようがない。

そうしたなか、本町三丁目の佐伯屋で陰惨な出来事が起こった。

押っとり刀で駈けつけてみると、奉公人たちが噎《むせ》び泣いている。

正面の大黒柱に、狆の屍骸がぶらさがっていた。

床には血溜まりができている。

「惣五郎め」

銀次が声を押し殺した。

惣五郎は影のように訪れ、風のように去った。

それが小半刻ほどまえの出来事だったらしい。

鯉四郎は奉行所へ走り、捕り方の手配をおこなった。

肝心の豊蔵は広島藩の留守居役に呼びだされ、夕方から霞ヶ関の上屋敷に伺っているという。

犬殺しは、主人が留守中の出来事であった。

娘のおとよは気を失い、離室で眠っている。

勘兵衛は銀次をのこし、佐伯屋をあとにした。

夏の夜の街角には、麦湯売りや葛湯売りの赤い行燈《あんどん》看板が点々としている。

浮世小路のほうからは、三味線の音色とともに、新内流しのうら悲しい唄声が聞こえてきた。日本橋の大路には担い屋台や辻売屋台が立ちならび、川を見下ろせば涼み舟がうろうろしている。

京橋を渡って川沿いに比丘尼橋まで歩んでゆくと、こんどは私娼たちの操る小舟がひっそりと汀に浮かんでいた。

「ちょいと、お兄さん」

柳の木陰から声を掛けられ、勘兵衛は苦笑した。

夜目の利かない私娼ほど、危ういものはない。

辻斬りに殺られるのが落ちだ。

無視して通りすぎようとすると、袖をつかまれた。

「お兄さん、遊んでいってよ」

仕方なく、十手を翳してやる。

白塗りの女が驚いて踵を返し、足を引きずりながら土手下へ逃れていった。

勘兵衛は数寄屋橋御門を抜け、日比谷御門も通りぬけた。

この界隈は大大名の御屋敷町、戌《いぬ》ノ刻を過ぎると辻番の提灯以外に彷徨くものとてなく、ひっそり閑としている。左右に高い海鼠塀《なまこべい》のそりたつ大路をすすむと、急勾配の坂下にたどりついた。

正面右手が松平安芸守（浅野家四十二万石）で、左手のほうは松平美濃守（黒田家五十二万石）だ。両上屋敷の中央にまっすぐ延びる上り坂が、霞ヶ関坂であった。

坂上には遥かむかし、奥州へ通じる関所があったという。汐見坂《しおみざか》の異名もあるとおり、坂上からは江戸湾を一望に見渡すことができた。

勘兵衛は急坂を上り、中途で振りかえってみた。

暗澹《あんたん》とした海が、星明かりを微《かす》かに映している。

佐伯屋の足跡を追い、こうして霞ヶ関までやってきた。

惣五郎は佐伯屋をけっして許すまい。手負いながらも眸子をぎらつかせ、暗闇から豊蔵の首を狙っているはずだ。

なれば、決着をつけねばなるまい。

勘兵衛は、坂の中途で足を止めた。

塀際の石積みの下に、夕顔が白い花を咲かせている。

「卯平よ……すまなかったな」

夕顔に手をあわせると、無念さが込みあげてきた。

——うおおん。

山狗の遠吠えだ。

「不吉な」

近くにおるなと、勘兵衛は察した。
坂上を睨みつけると、何か丸いものが転がってくる。
「ん」
片膝立ちで身構えた。
大きな毬藻《まりも》のようだ。
途中でぽんと弾み、側溝にぽちゃりと落ちる。
脱兎のごとく駈けよった。
流れてくる。
毬藻ではない。
「うっ」
生首であった。
蒼白い生首が、枯れ枝に引っかかった。
水に洗われている。
小田原提灯を点け、枯れ枝のほうに翳してみた。
ざんばら髪の佐伯屋豊蔵が、眸子を瞠っていた。
斬り口はまだ新しい。肉が白い頸骨《けいこつ》をくるむように縮みかけている。

喋りかければ、応えてくれそうなほど生々しかった。

「くふふ」

坂上から、大きな人影が降りてきた。

幅広の斬馬刀を担いだ惣五郎である。

襤褸着《ぼろぎ》を纏い、肩や胴に晒布《さらし》を巻いていた。

船上で捕り方と干戈《かんか》を交え、かなりの手傷を負ったのだろう。

体力も消耗しているはずだが、切れあがった双眸は爛々《らんらん》としている。

総髪は逆立ち、鼻は無惨にも潰れ、赤い口は笑うと耳まで裂けてみえた。

「無間地獄の鬼だな」

勘兵衛は鬢を掻いた。

恐怖は失せ、自分でも不思議なほど落ちついている。

鬼はのっそり近づいてきた。

「長尾勘兵衛、てめえのせいで、とんだ目に遭ったぜ」

「自業自得だ」

「十手で佐伯屋の手甲を砕くたあ、酷いことをしゃあがる」

「おぬしに言われたかないわ」

「ふっ、こうなる予感はあったのさ。佐伯屋のはなしに乗ったときから、おれとおさよは破滅の道を突きすすんでおったのかもしれぬ。おれを土壇へ送る者があるとすれば、長尾勘兵衛、てめえだろうともおもっていた」

「ほう、なぜ」

「因縁だよ。極悪人のおれと善人面さげたてめえと、どっちが生き残るか。おれはな、そいつをはっきりさせてえばっかりに、わざわざ江戸くんだりまでやってきたんだ」

犯した罪の重さに、潰されかけているのだろうか。

「惣五郎、おぬしは悪党になりきれぬ中途半端な野郎なのさ。そいつがてめえでもわかっている。だから、わけのわからねえ理屈を口走っていやがる。おれはおぬしのことなんざ、どうでもいい。おさよはどうした、どこにおる」

「へへ、そうかい。観音様は消えちまったのか。てっきり、おめえが匿《かくま》っているもんだと勘違えしていたぜ」

「知らぬのか。だったら、手っ取り早くかたをつけよう」

勘兵衛は十手ではなく、ずらりと刀を抜いた。

「ふうん、ほとけの勘兵衛が刀を抜いたか」

「抜かずばなるまい、鬼が相手だ」

「卯平一家の敵討ちかよ」

「さよう」

「ようし、びびらしてやろうかい」

「のぞむところ」

勘兵衛は、坂道を駈けのぼった。

駆け引きはない。

「けえ……っ」

裂帛の気合いとともども、二尺三寸の本身を薙いだ。

切っ先がぐんと伸び、惣五郎の鼻面を掠める。

「年のわりに敏捷じゃねえか、ほいっ」

斬馬刀が唸り、胴を断ちにかかった。

勘兵衛は難なく躱し、素早く小手を打つ。

「うげっ」

斬馬刀を握った右手首が、ぼそっと地に落ちた。

が、惣五郎は慌てない。

腰を屈め、左手で得物を拾いあげる。

「ぬわああ」

分厚い胸を反らし、左手で握った斬馬刀を高々と振りかぶった。

勘兵衛は滑るように身を寄せ、一陣の風となって小脇を擦りぬける。

「ぐはっ」

晒布が真っ赤に染まり、脾腹《ひばら》の裂け目から血が噴きだす。

「ぬおっ」

惣五郎は裂け目に手を突っこみ、臓物を引きずりだした。

あたり一面に撒きちらしながら、執念の一撃を振るう。

鋼と鋼がぶつかり、火花とともに斬馬刀が弾けとぶ。

「ぐぐ、ぎぎぎ」

惣五郎は白目を剝き、仰向けに倒れていった。

「莫迦め」

勘兵衛は刀の樋《ひ》に溜まった血を切り、素早く鞘におさめる。

振りかえることもなく、坂道を下りはじめた。

――火の用心。

入れ替わるように、辻番の影が坂上にあらわれた。

親爺の鳴らす拍子木は、途中でふっと聞こえなくなった。

十四

惣五郎の獄門首は、日本橋東詰の空地に晒された。

――右の者、御下知者無宿惣五郎、世を擾乱《じょうらん》せし不届千万の盗人なり。

おさよは人垣から首を差しだし、食い入るように捨て札を読んだ。

柵のまわりには極悪人の面を一目見ようと、大勢の野次馬が集まった。

小銀杏髷の同心も何人か彷徨いていたが、長尾勘兵衛のすがたはない。

おさよは晒し場からそっと離れ、大路の喧噪《けんそう》に呑まれていった。

「死んだ」

惣五郎は死んだ。

死んでくれたというべきなのに、心にぽっかり穴があいたようだ。

好きなはずはない。情を交わしてもいない。救われた恩を感じていただけなのに、どうして悲しい気持ちになるのか、おさよにはわからない。

あれだけの非道をかさねてはきたが、惣五郎には良心の欠片《かけら》がのこっていた。

非道に徹しきれぬ心根の弱さに、同情を惹かれたのか。

これから、ひとりで、どうやって生きてゆけばよいのだろう。

惣五郎の束縛から逃れることさえできれば、鳥のように羽ばたけるかもしれないと、思い描いたこともあった。

それは大きなまちがいだった。

岐路に立たされても、道がみえない。

行く手は闇、行けども行けども闇また闇。あれほど必死になって思い出そうとした記憶も、ふたたび、消えゆく運命にあるようだ。

ただ、綾乃に掛けてもらった台詞だけは、忘れようにも忘れられない。

――よろしければお越しください、月のみさきへ……お待ちしております。

二度と逢うまいと決めた心が、その台詞を思いだすたびに震えてしまう。

月のみさきへ行きさえすれば、すべての罪が帳消しにできるというのなら、行ってみたい。

許されることなら、この手で綾乃を抱きしめたい。

だが、もう逢わぬと決めたのだ。

綾乃にも、長尾勘兵衛にも。

もし、何らかの事情があって夫と娘を捨てたのだとしたら、いまさら、どの面さげて逢えというのだ。

「でも、今夜しかない」

神様に与えられた最後の機会かもしれぬ。

おさよは逡巡した。

と、そのとき。

轟《ごう》っと、大八車が横合いから突っこんできた。

「危ない」

すんでのところで避け、地べたに身を投げだす。

「このうすのろ女、死にてえのか」

若い車力が怒鳴りちらし、土埃を巻きあげて遠ざかった。

「あんた、大丈夫かい」

親切な女が屈みこみ、顔を覗きこんでくる。

薹《とう》の立った白塗りの女だ。

「へえ、綺麗な顔をしてんじゃないか。さ、腕をお貸しな、起こしてあげるよ」

「ありがとうございます」

「なあに、礼なんざいらない。世の中、捨てる神あれば拾う神ありさ」

女は前歯の抜けた口を開け、不気味な顔で笑ってみせる。

「ひょっとして、無宿かい。だったら、あたいのところへおいで」

断るのも申し訳ない気がしたので、おさよはこっくり頷いた。


二十六夜の月は明け方ちかく、東涯《とうがい》に顔を出す。

三光ともいわれ、一瞬、月は三つに分かれて光りかがやくともいう。

各々の月には、阿弥陀、観世音、勢至の三尊が御姿をあらわすというのだが、仁徳は酔いにまかせ、俗信を笑いとばした。

「わしはこの年まで生きてきたが、いちどたりとも拝んだことなぞないわ」

「先生、それは明け方まで起きていられないからでしょ」

綾乃にからかわれ、仁徳は目を剝いた。

「莫迦を申せ、わしは鶏より朝が早《はえ》んだ……ひっく」

「あら、先生、しゃっくり」

「それがどうした……ひっく」

「口のなかに宗の字を三度書くと、とまりますよ」

「あんだと、綾乃、それでも医者の端くれか……ひっく」

「美濃柿のへたを水で呑んでも、しゃっくりはとまるそうです。ためしたことはありませんけど」

いつになく陽気な綾乃との掛けあいに、鯉四郎や銀次や三平は笑い転げた。

三月前から予約してあった高輪の岬亭、馴染みには「月のみさき」とも呼ばれる茶屋の二階座敷を借りきっている。

腰窓の簾《すだれ》を巻きあげれば、品川のさきまでつづく縄手を一望のもとにできた。

潮風が心地よく、銀次の連れてきた女房のおしまは雌牛のように眠っている。

すでに丑ノ刻を過ぎていたが、明け方までは間があった。

笑いの弾ける宴席で、浮かぬ顔の勘兵衛だけは盃をちびちび嘗めている。

「閻魔が辛子を嘗めたような面じゃ」

仁徳の皮肉も聞こえてこない。

弓なりの暗い浜辺を遠望しては、溜息を吐いていた。

沖をみやれば、大小の月見舟が点々と浮かんでいる。

明滅する艫灯りを眺めては、また、溜息を洩らした。

仁徳は鼾《いびき》を掻きはじめ、銀次の口も重くなってくる。
綾乃も空元気でいるのに疲れ、深々と溜息を吐いた。
「来ぬか、やはり」
勘兵衛が、ぽつりとつぶやく。
期待したのがまちがいだった。
さきほどより、暗さが薄らいできたような気もする。
勘兵衛は彫像のように座ったまま、じっと浜辺をみつめた。
綾乃は団扇を揺らしながら、何度も欠伸《あくび》を嚙みころしている。
仁徳に呑めない酒を呑まされた鯉四郎は、厠にいったきり戻ってこない。
海は凪《な》ぎ、打ちよせる波音だけが聞こえてくる。
やがて、東の水平線が白みはじめた。
「月の出か」
一艘の小舟が、すうっと浜へ漕ぎよせてくる。
木葉のような川船で、月見舟のなかではもっとも小さい。
櫓《ろ》を漕いでいるのは海女《あま》であろうか、白装束で身を覆っている。
「いや、比丘尼だな」

京橋川で目にした女かもしれない。

勘兵衛は首をせりだし、目をほそめた。

船上には、女がもうひとり乗っている。

「あ」

声をあげたのは、綾乃のほうだ。

「父上、もしや、あれは」

「ふむ」

遠すぎて判別しがたいが、捜しもとめていた女のすがたに似ていた。

二十数年来、ずっと捜しもとめていた妻に似ているのだ。

「父上、ほら、こちらをみておられますよ」

船縁《ふなべり》に囓《かじ》りつくように、女は身を乗りだしている。

「来てくれたのか」

勘兵衛は跳ねおき、腰窓からふわりと砂浜へ飛びおりた。

「父上」

綾乃に呼びかけられても、振りむきもしない。

砂浜を跣足《はだし》で駈けぬけた。

「おお、月が出たぞ」

漁師らしき男が、喜々として叫んだ。

「三光様だ。如来様と菩薩様が坐《おわ》すぞ」

誰もがみな跪《ひざまず》き、月を拝んでいる。

勘兵衛は前だけをみつめ、波打ち際まで駈けよせた。

比丘尼の操る小舟は三光を背にしつつ、燦爛《さんらん》とかがやく海面に浮かんでいる。

「静、静……」

あらんかぎりの声で、勘兵衛は叫んだ。

「……静よ、こっちへ来い、早く来い」

透きとおった女の頰に、一滴の涙が零れた。

南風が吹き、にわかに漣《さざなみ》が立った。

小舟は揺れ、波間に隠れてしまう。

「待て、おい、待ってくれ」

月のみさきを離れた小舟は金鱗の波濤《はとう》に翻弄《ほんろう》され、三光に吸いこまれるがごとく消えてしまった。

「夢か」

夢であったのか。
いや、そんなはずはない。
静は、確かに来てくれた。
今日は逢えずとも、再会できる日はやってくる。
「待っておるぞ」
勘兵衛は砂浜に両膝をつき、三光を仰いだ。
右手甲のいれぼくろに、そっと触れてみる。
止めどもなく涙が溢れてきた。

『うぽっぽ同心十手綴り　女殺し坂』二〇〇六年七月　徳間文庫

中公文庫

うぽっぽ同《どう》心《しん》十《じっ》手《て》綴《つづ》り

女殺《おんなころ》し坂《ざか》

2022年12月25日　初版発行
2023年12月15日　４刷発行

著　者　坂《さか》 岡《おか》　真《しん》
発行者　安 部 順 一
発行所　中央公論新社
〒100-8152　東京都千代田区大手町1-7-1
電話　販売 03-5299-1730　編集 03-5299-1890
URL https://www.chuko.co.jp/

ＤＴＰ　ハンズ・ミケ
印　刷　大日本印刷
製　本　大日本印刷

Published by CHUOKORON-SHINSHA, INC.
Printed in Japan　ISBN978-4-12-207297-8 C1193